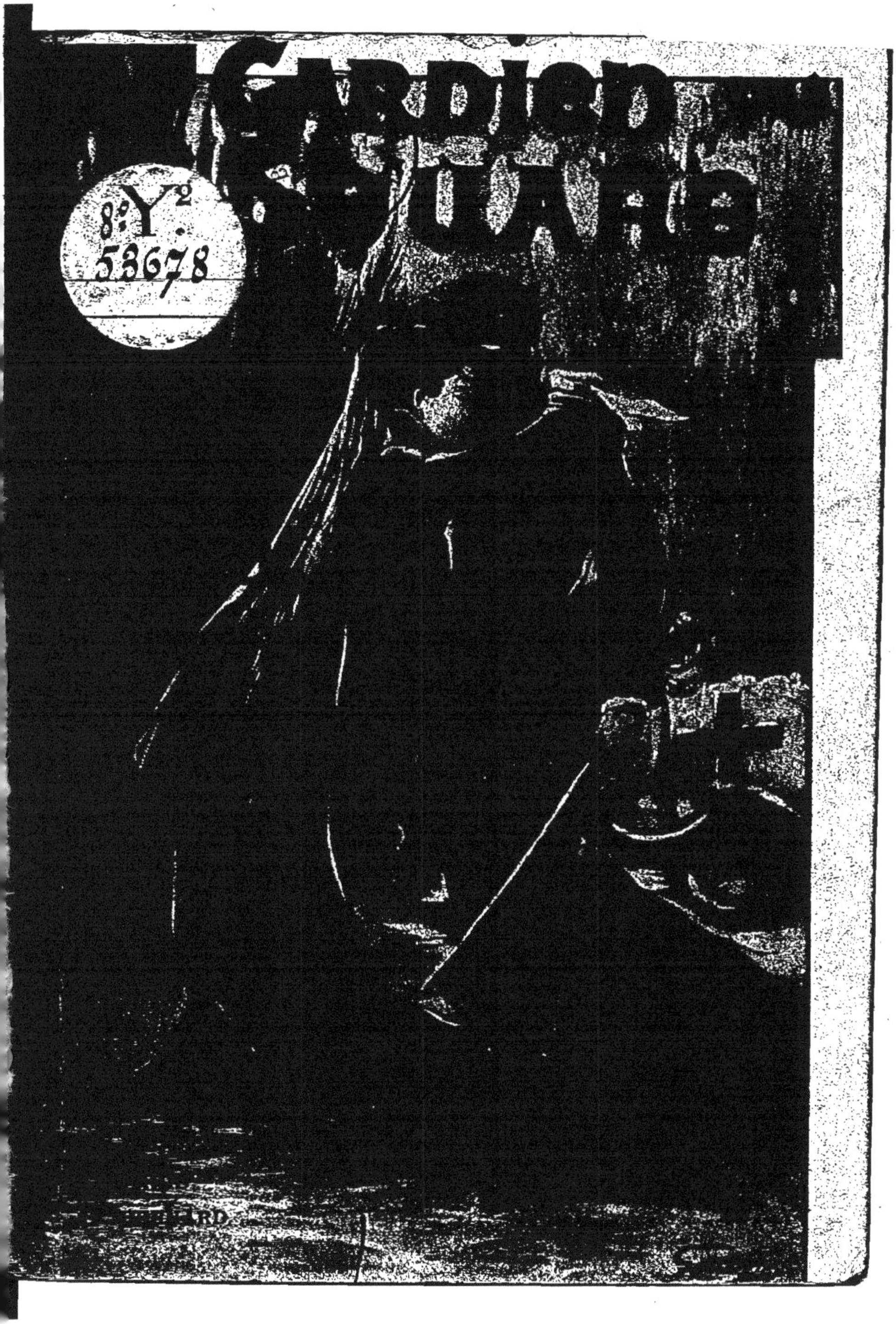

Le Gardien du Square

Par Maurice Duval

PARIS

E. BERNARD, IMPRIMEUR-ÉDITEUR

29, Quai des Grands-Augustins, 29

SUCCURSALES

1, Rue de Médicis, 1 | Galeries de l'Odéon, 8-9-11

Droits de Traduction et de Reproduction réservés

Le Gardien du Square

PREMIÈRE PARTIE

I

Ah ! le pèr' Marignan ! Ah ! le pèr' Marignan !

C'est par cette ritournelle, chantée à tue-tête, que les petits gamins, chaque fois qu'ils traversaient le jardin public de *** saluaient le vieux gardien, impassible et grave, qui faisait sa ronde, tout en fumant sa pipe, et dont l'unique préoccupation paraissait être de chasser énergiquement, à l'aide d'une canne, les cailloux qui le gênaient sur son chemin.

— Attendez, les gamins ! vous allez voir, nom d'un nom ! comment il va vous donner de ses nouvelles, le père Marignan ! répétait-il invariablement lorsque la bande joyeuse d'écoliers retardataires l'accablait de quolibets et d'agaceries de mouches bourdonnantes.

Les enfants finissaient toujours par disparaître, et le brave homme continuait sa promenade, en inspec-

tant les arbres, les gazons, les plates-bandes et les
chaises pliantes, avec le coup d'œil scrutateur et profond d'un officier supérieur qui passerait en revue
tout un régiment d'infanterie.

C'était un bon vieux militaire, par trop hargneux
et point vantard. Avec sa barbiche blanche, ses sour-
cils en broussailles, son regard volontaire et son
front large et puissant, il vous avait tout à fait l'air
d'un colonel mis à la retraite.

Modeste héros, il avait accompli, comme tant d'autres, des prodiges de valeur sur les champs de bataille, à l'ombre de nos aigles, et tandis que ses
camarades, de promotions en promotions, étaient
parvenus à des grades importants, lui qui n'avait
jamais fait d'études, et qui, d'ailleurs, ne possédait
aucune ambition, se trouvait satisfait de ses galons
de sergent, de ses états de service qui lui avaient
valu les médailles de Crimée et d'Italie, et la médaille militaire et enfin du petit poste de gardien de
square que l'administration accorde aux vieux soldats indigents.

Et tous les jours, vous le voyiez, invariablement
vêtu de la longue redingote noire, à boutons d'argent, sur laquelle s'étalait avec une certaine complai-
sance la médaille glorieuse, se promener, d'un pas
militaire dans le jardin public à la garde duquel il
était préposé. Sa casquette à galons blancs avec
les armes de la ville brodés sur l'étoffe, au-dessus
de la visière, était abaissée énergiquement sur son
front, à la manière d'un képi, et sa main droite, —
il avait eu le bras gauche emporté par un obus en

1870, — s'appuyait sur une vigoureuse canne qui, pas plus que lui, ne semblait décidée à fléchir.

Ce brave homme était convaincu de l'éminente dignité de sa fonction de surveillant ; ce militaire rempli d'honneur connaissait les devoirs qui incombent à tout individu titulaire d'un emploi public.

— L'uniforme oblige ! disait-il souvent lorsqu'on le raillait d'en être arrivé, après avoir lutté contre de terribles armées, à faire la guerre aux enfants espiègles qui couraient sur les gazons et cueillaient des fleurs aux arbres du printemps.

*
* *

Par exemple, les jours de musique militaire, le père Marignan, — et c'est qu'il était fier de ce nom de Marignan qui évoquait la victoire célèbre de François Ier sur les Suisses en 1515, et celle de Baraguay d'Hilliers sur les Autrichiens, en 1859 — le père Marignan, dis-je, était, comme d'instinct, plus tolérant.

Les marches, les pas redoublés qu'exécutait la musique martiale le transportaient, presque malgré lui vers les champs de bataille à présent silencieux, Inkermann, Sébastopol, Magenta, Solférino, Rezonville... ; il entendait d'autres roulements de tambours, d'autres charges lugubres et solennelles ; des milliers de soldats, de camarades se dressaient devant lui ; le bruit du canon semblait revenir bourdonner à ses oreilles de terribles échos ; il se surprenait scandant d'un pas allègre les mesures d'une

marche évocatrice, et fredonnant d'une voix chevro-
tante de vieilles chansons guerrières.

Et si parfois, alors, un méchant écolier passait
en sifflant comme une vipère :

Ah ! le pèr' Marignan! Ah ! le pèr' Marignan !

pour un coup, le père Marignan ne lui disait rien...

*
* *

D'ailleurs les musiciens étaient plein d'égards
pour ce vétéran, qu'ils connaissaient bien. Et, quand
le concert était fini, quand la grosse caisse et les
instruments de cuivre étaient à nouveau revêtus
de leur enveloppe de tafetas vert et rechargés militairement sur l'épaule, et que le chef de musique
commandait d'une voix brève aux soldats replacés
soudainement en rang :

— En' n'avant ! ! Marrrch ! ! ! !

Ceux-ci n'oubliaient jamais, en passant devant le
vieux briscard, qui poîtrinait pour faire voir ses médailles épinglées sur sa redingote, de porter osten-
siblement la main à leur képi, et d'exécuter le salut
militaire.

Cette attention lui allait droit au cœur.

*
* *

Le matin, au printemps, il s'arrêtait devant les
pelouses et ne pouvait s'empêcher de donner des
leçons d'arrosage au brave et bon jardinier coiffé
d'un énorme chapeau de paille, qui dirigeait avec ses
aides les lances des appareils irrigateurs, tandis

qu'autour de lui tout un amas de tondeuses à rou-
lettes pour égaliser les gazons, de sécateurs, de
serpes pour ébrancher les arbres et de longs ciseaux,
gisaient épars sur le sol.

La figure du vieux soldat de Magenta s'éclairait
alors ; ses yeux retrouvaient leur lueur d'autrefois :
il lui semblait, en commandant le jet des pompes à
eau qu'il faisait pointer une pièce d'artillerie.

Et quand le gazon ainsi humecté, et la terre fraîche-
ment mouillée, fumaient légèrement en vapeurs
floconneuses aux rayons du soleil qui argentait la
goutte d'eau pendante au brin d'herbe, le père Marignan éprouvait des joies d'enfant à voir toutes ces petites fumées s'élever du sol, au-dessus des monticules
et des plates-bandes, comme au matin des batailles,
lorsque des colonnes de tirailleurs parties en reconnaissance engagent avec les éclaireurs et les senti-
nelles avancées de l'ennemi de petits combats indi-
viduels et que les coups de feu épars forment des
légers nuages de poudre ouatant au hasard les flancs
de la vallée...

*
* *

Peu à peu, le jardin public était devenu *son* jardin,
sa propriété, *son* bien. Il l'aimait, il le surveillait
avec un soin jaloux de botaniste et d'amateur attentif
et grincheux.

Aussi était-ce d'un œil inquiet qu'il voyait entrer
les passants, — les enfants surtout, ces égoïstes,
cruels et terribles enfants qui détruisaient la symétrie

des chaises de fer aux formes viennoises, alignées le long des pelouses, et l'harmonie des raies parallèles faites, sur le sable du chemin, par le râteau artistement dirigé du jardinier.

****

Aussi, gare à celui qui s'avisait de rechercher son ballon jeté par mégarde sur les gazons, ou de faire de mignons pâtés de terre avec ces jolis seaux que les enfants emplissent de sable à l'aide d'une pelle de bois et renversent ensuite sur le sol avec une dextérité de pâtissier faisant sortir un baba de son moule.

Il ne fallait rien moins que l'intervention suppliante des jeunes mamans, et le capiteux attrait de leurs beaux regards mouillés pour attendrir le pauvre homme ; il est vrai qu'il essayait alors de devenir charmant et empressé comme un vieux marquis... entêté.

— Madame, disait-il en adoucissant de son mieux sa voix un peu sévère, je suis votre humble serviteur. Mais, voyez-vous, l'uniforme oblige ! J'ai été soldat ; je suis gardien, c'est encore une fonction. La fonction impose des devoirs ; je n'ai pas le droit de passer outre. Comme homme, je n'ai rien à vous refuser. Comme fonctionnaire, je ne puis rien vous accorder...

« Si je fais une exception pour votre enfant, pourquoi pas pour tous ? Il n'y a plus de gouvernement possible, comprenez-vous bien, Madame, en ces conditions-là ! Car si je transige avec mon devoir, quelque insignifiant qu'il soit, cette transaction peut se transmettre de degré en degré dans toute la hiérarchie des fonctionnaires, jusqu'au sommet de l'Etat ; et alors, Madame, alors, c'est l'anarchie, de bas en haut et de haut en bas....

» Si la loi se noie dans les exceptions, si le règlement de *mon* jardin disparaît devant les passe-droits, à quoi voulez-vous que servent cette loi et ce règlement ?

» Tout le long de l'échelle sociale, le gouvernement a placé des factionnaires, l'autorité se transmet de l'un à l'autre jusqu'au plus humble, jusqu'à moi. Chacun d'eux est responsable envers la nation du poste qui lui a été assigné. Si donc je ne suis pas une sentinelle rigide et vigilante, c'est une trahison que je commets, un acte de mauvais exemple et de désordre que la société tout entière est en droit de me raprocher.

» Car, lorsqu'un rouage ne fonctionne pas régulièrement dans la machine de l'Etat, tout se détraque, rien ne va plus. Et moi, Madame, je suis un rouage, un écrou.... un écrou mal vissé peut faire sauter le mécanisme, faites bien attention à cela !

» Je vais donc aller chercher moi-même la balle de votre jeune fils, uniquement afin de vous obliger, mais veuillez bien lui dire, je vous en prie, que c'est la der-niè-re fois, et qu'il ne s'avise pas de recommencer, ah ! mais, non ! »

II

Dans les journées d'hiver, le bonhomme, parfois, restait dans sa guérite, enroulé dans un grand cache-nez de laine bleue, et les mains complètement plongées dans d'énormes gants moufflons qui ne parvenaient pas à le réchauffer.

Devant lui passaient les petites écoliers qui se rendaient, sac au dos à la classe voisine, comme de jeunes soldats, et les jeunes filles d'un pensionnat élégant situé dans la rue qui longeait le square, juste en face de l'allée transversale dans laquelle se tenait la guérite du gardien.

Le soir, à 6 heures, le même petit monde repassait devant lui, bruyamment, gaîment, augmenté d'un nombre respectable de bonnes, de mamans ou de grandes sœurs qui venaient, à cause de l'obscurité, chercher les petites élèves et les moins braves garçonnets.

Parmi ces conductrices, qui allaient et venaient à l'heure réglementaire, il y avait une grande et brune jeune fille qui se faisait remarquer par sa grâce naturelle et ses allures un peu légères d'enfant gâtée.

C'était une de ces jolies personnes exquises et endiablées, dont la gaîté est envahissante et dont l'effronterie est accueillie avec indulgence à cause des élans spontanés et touchants de leur cœur.

Matin et soir, elle traversait le square, tantôt conduisant en classe, tantôt ramenant de l'école sa petite

sœur, une jolie poupée au visage mutin, au regard
spirituel, aux cheveux abondants et blonds, au rire
folâtre et communicatif.

*
* *

Le gardien les voyait passer sous ses yeux avec une
sorte de joie. Les ébats charmants de ces deux jeunes
filles, l'une encore toute enfant, l'autre déjà femme
distrayaient sa misanthropie et lui causaient un
certain bien-être qui se traduisait par des élans
de bonne humeur. L'éclair moqueur et franc de leurs
grands yeux radoucissaient le vieux soldat ; leur
élégance et la recherche de leur mise apprivoisaient
le bon chien de garde.

Aussi avait-il pour elles une attention et toutes les
complaisances compatibles avec le règlement dont
il était le strict observateur.

*
* *

Un soir, l'aînée s'était attardée dans quelque course
avant d'aller à la rencontre de sa sœur.

C'était en hiver. Six heures étaient sonnées. A*** on
fermait presque quotidiennement le square à ce mo-
ment-là.

L'invalide s'était donc promené dans le jardin, ses
clefs à la main, faisant sonner sa cloche et répétant
aux passants retardataires, du ton grave et monotone
des veilleurs de nuit le traditionnel :

— On va *fârmer* !

Et voici qu'une fois arrivé à la grille par où la jeune

fille avait l'habitude de passer, il se trouva face à face avec elle, juste au moment où il allait mettre la clef dans la serrure.

— Oh ! Monsieur, je vous en supplie ! Vous seriez si bon de me laisser passer ; ma sœur m'attend à la pension depuis un quart d'heure et si je suis obligée de faire un grand détour, elle va s'impatienter et pleurer....

Le gardien devint rouge et confus.

Il se recueillit un instant pour savoir s'il avait le droit de faire cette concession ; sa conscience répondit affirmativement.

— Dépêchez-vous, dit-il doucement, d'un air de confidence ; je vais aller d'abord fermer les autres portes, et comme je ne marche plus très vite, je crois que vous aurez le temps d'aller et venir en vous pressant un peu.

— Oh ! vous êtes gentil ! s'écria joyeusement la charmante solliciteuse et elle s'élança, avec une souplesse d'oiseau dans le jardin sombre, laissant le vieux briscard tout ébloui de son apparition subite, de sa voix musicale, de ses parfums qui s'évaporaient dans l'air, et des beaux yeux humides et suppliants qu'elle avait levés vers lui, brillant d'un vif éclat parmi l'obscurité enveloppante du soir....

*
* *

Depuis ce temps, le père Marignan, pour obliger les deux sœurs, commençait toujours sa tournée de fermeture par les autres grilles, afin de laisser ouvertes le plus longtemps possible celles qui se trouvaient sur leur passage....

Aussi, chaque fois qu'elles se présentaient devant sa guérite, l'ainée des deux jeunes filles lançait furtivement au brave factionnaire deux œillades sympathiques, qui l'enivraient positivement. C'est à tel titre qu'à partir de ce moment là, le bonhomme s'arrangeait toujours de façon à se faire voir lorsqu'elles passaient matin et soir.

— Çà , la musique militaire et ma pipe, c'est les trois quarts de ma vie, se disait-il avec une certaine mélancolie.

Aussi était-il soucieux et grognon lorsqu'une de ces distractions lui manquaient, surtout lorsqu'il n'avait pas reçu ce qu'il appelait « son rayon de soleil ».

Quand, au contraire le vétéran avait aperçu les deux sœurs un imperceptible sourire illuminait son visage et mettait sur ses lèvres et dans ses yeux une pointe de bienveillance.

C'était alors surtout qu'il entamait de longues dissertations avec les mamans dont les bébés jetaient par inadvertance leurs ballons au milieu des plates-bandes :

— Comprenez-vous bien, Madame ; si la loi se noie dans les exceptions, si le règlement de *mon* jardin disparaît devant les passe-droits, etc., etc., etc....

*
* *

Mais une circonstance se produisit bientôt qui resserra devantage la bonne entente établie entre le père Marignan et la jeune fille.

On était au cœur de la saison rigoureuse.

Il avait neigé à glace.

Dieu ! que le square était joli avec ses arbres tout blancs d'où s'épandaient, comme des stalactites, de petits glaçons qui miroitaient au clair de lune.

La pièce d'eau aussi était gelée, et disparaissait sous un manteau de neige immaculée. Les serres ressemblaient à d'énormes blocs de glace saupoudrés de flocons blancs.

La guérite du gardien jetait sur toute cette blancheur son ombre informe et gigantesque, et l'on pouvait voir luire aux reflets lunaires les boutons d'argent et la visière de la casquette du vieux soldat — à moitié engourdi par le froid — qui se tenait, recroquevillé comme une pauvre feuille morte dans sa petite maison de bois.

L'allumeur venait de passer, et avait déposé, de place en place, dans les réverbères, dont les globes de verre avaient la forme d'une cloche retournée vers le ciel, de craintives flammes jaunes projetant sur le sol livide un disque de lumière vacillant et indécis.

* *

Six heures sonnèrent. Le gardien, secouant sa torpeur, sortit de sa guérite, et se mit en devoir de faire sa ronde quotidienne.

La jeune fille n'était pas encore passée.

— Extraordinaire, çà ! grommelait-il tout en cherchant son trousseau de clefs; les pensions ne sont pourtant pas fermées aujourd'hui! Que diable! ce n'est pas jeudi! — Seulement, voilà, je me suis assoupi tout à l'heure dans ma baraque; peut-être aura-t-*elle* passé devant moi pendant ce temps-là. Un factionnaire ne devrait pas pioncer comme çà, c'est contraire à la consigne... C'est égal, nom de nom! voilà des choses qui ne s'expliquent pas!...

Tout en ronchonnant de la sorte, Marignan était arrivé à l'avant-dernière grille, celle qu'il ne fermait qu'en dernier lieu pour laisser passer sa protégée.

— Père Marignan, se dit-il alors, tu as l'ordre de fermer, il faut que tu fermes, tant pis pour *elle!* La consigne, saperlotte! c'est la consigne!...

Et d'un geste énergique, il s'empara d'un des battants grands ouverts de la porte de fer, et le fit tourner sur ses gonds jusqu'à ce qu'il fut dans l'alignement de l'entourage du square.

Soudain, comme il allait saisir l'autre battant, une jeune femme affolée se précipita dans l'enclos par l'espace encore entr'ouvert et, se retournant avec une indicible frayeur, elle indiqua d'un geste nerveux deux ombres qui venaient de surgir à quelques pas derrière elle :

— Sauvez-moi, sauvez-moi, dit-elle en se cramponnant désespérément au gardien qui reconnut aussitôt la jeune fille en question; ces hommes me poursuivent depuis un quart d'heure de leurs menaces et de leurs propositions déshonnêtes, je vous prie, faites qu'ils ne passent pas, défendez-moi! j'ai peur!

— Facile ! s'écria le gardien avec une vigueur joyeuse ; il est l'heure de fermer, je ferme ! Bon, ça ! Connais que la consigne, moi !

Au même instant les deux individus apparurent devant la grille.

— Les voilà ! les voilà ! Que vont-ils me faire ! Au secours ! Monsieur, monsieur, protégez-moi ! sanglotait éperdûment la jeune fille, en proie à une véritable crise de terreur.

*
* *

C'était deux grands garçons, presque imberbes, deux coureurs de bals et de cabarets, au visage dégradé par les vices les plus odieux, et dont les yeux cernés et noirs indiquaient un instinct bestial, une fureur sensuelle qui venait sans doute de s'éveiller à la vue de cette jolie fille.

D'un bond, ils saisirent la grille que le père Marignan, gêné par son bras mutilé, n'avait pas encore pu clore, et, faisant sur ce battant de barrière une formidable pesée, ils l'ouvrirent tout grand, et se ruèrent sur le gardien qui s'était placé devant la jeune fille :

— Ah ! nous passerons ! criaient-ils avec un accent de colère sauvage ! et gare à toi, la mijaurée ; nous allons te faire ton affaire, tu vas voir !

Mais ils avaient compté sans le sang-froid du vieux guerrier qui se dégagea vivement, saisit sa canne et fit avec elle un moulinet terrible dont le premier résultat fut de jeter à terre les casquettes des deux voyous et de leur barrer absolument le passage :

— Vous n'avez pas été à Magenta, vous autres ! hurla le père Marignan, vous ne connaissez pas ce que c'est, nom d'un nom, qu'un soldat de Crimée et d'Italie ! — Allons ! demi-tour, les bleus ! ou je cogne comme un aveugle ! — Connais que la consigne, moi ! V'n'avez plus le droit de passer, sacrebleu, l'heure de la fermeture étant péremptoirement sonnée ! Donc, foutez-moi le camp, sans barguiner davantage ! Je vous réitère d'exécuter un demi-tour à gauche, et plus vite que ça, s'il vous plaît ! Pas accéléré ! *Marrche !*

Tout en monologuant ainsi, le grognard s'avançait vers eux, les poussant hors du jardin à l'aide de son bâton qui tournoyait magnifiquement dans l'air et qui vint plusieurs fois écorcher les *visages pâles.*

Ceux-ci, écumant de rage, un filet de sang à la bouche, ripostèrent avec un acharnement inouï, et crachèrent sur la jeune fille qu'ils accablèrent d'ignobles injures. Mais rien n'y fit.

Ils voulurent à leur tour faire usage de leurs gourdins ; les gourdins s'échappèrent de leurs mains et allèrent rejoindre les casquettes sur le sol neigeux.

Finalement, le père Marignan leur asséna un si violent coup de canne sur le bras qu'ils furent obligés de lâcher la grille en poussant des hurlements de douleur.

Et, comme des bruits de pas se faisaient entendre dans la rue déserte, ils n'en demandèrent pas davantage, et se dispersèrent dans l'ombre comme de sinistres oiseaux de nuit.

Le gardien put alors refermer librement la barrière de fer.

* *

Quand il se retourna, la jeune fille était tombée, pâle comme une morte, auprès de la guérite.

Le brave homme suait à grosses gouttes; cette lutte inattendue l'avait épuisé; il n'était pas blessé, et pourtant il chancelait, prêt à perdre connaissance.

Mais par un reste d'énergie, il se raidit contre la faiblesse qui l'envahissait, et, ce fut d'un pas assez assuré qu'il s'avança vers celle qu'il avait si bien défendue.

Il la prit sur son bras et la fit entrer, en la soulevant, dans sa cabane où il l'assit sur une chaise avec beaucoup de difficulté.

Puis, avec la sollicitude dont il avait fait preuve naguère sur les champs de bataille, quand il portait secours à un camarade tombé à ses côtés pendant la mêlée, il soigna de son mieux la jeune fille qui était toujours évanouie.

Il s'empara d'une poignée de neige et lui frictionna vigoureusement le visage et les mains.

Ce réactif énergique fit immédiatement affluer le sang dont la circulation s'était interrompue, et la pauvre enfant rouvrit les yeux. Sa respiration reprit lentement sa cadence, et elle recouvra bientôt avec l'usage de ses sens, le mouvement, la mémoire et la parole :

— Où sont-ils? balbutia-t-elle en réprimant un long frisson.

— Ah! c'est vous, Monsieur le gardien! Que vous êtes brave et bon! Comment vous témoigner toute ma reconnaissance!

Et son beau visage s'inonda de larmes dont quelques-unes vinrent tomber sur la main rude du pauvre soldat.

— Mademoiselle, lui dit-il, avec une émotion comique, ayez pas peur! Je leur ai montré ce que c'est qu'un vieux de la vieille qui a combattu aux côtés du maréchal Mac-Mahon! Ils ont compris, suffit! Et maintenant, vive l'Empereur! Je vais me permettre de vous accompagner, parce que, nom d'un nom, après l'attaque, il faut toujours protéger la retraite. Faites excuse, si je ne vous offre pas le bras ; j'ai oublié de le ramasser sous Metz en 1870...

Elle se leva, souple et gracieuse, et se mit aux côtés de l'invalide qui marchait péniblement en s'appuyant sur sa grosse canne.

Elle ne savait comment lui exprimer sa gratitude.

— Vraiment, lui dit-elle, quand on vous voit si courageux et si brave, on ne s'étonne pas que vous ayez la poitrine couverte de médailles!

Les yeux de l'ancien pétillèrent d'une joie indicible :

— Ah! mais! ah! mais! s'écria-t-il, touché jusqu'au fond du cœur, c'est que, voyez-vous, le maréchal m'aimait bien! Il me connaissait, le gaillard! Trois campagnes, deux blessures, cinq citations à l'ordre du jour, quatre médailles, c'est quelque chose, ça! Il le savait bien, le maréchal. — « Papa Marignan, qu'il me disait comme ça, j'ai bien des malins dans mon bataillon ! mais toi, sacrebleu, t'es un fameux lapin ! » Il a dit ça, le maréchal !

Ici le bonhomme s'interrompit, pour s'essuyer les yeux avec un grand mouchoir de coton rouge sur lequel étaient imprimés des hannetons noirs, et il s'ingurgita une *prise* de tabac dans le nez :

— Pauv'maréchal, duc de Magenta, il est mort, s'pas ! Eh ! bien, ce qui me crève le cœur, c'est de n'avoir pas pu suivre son enterrement. Tout ça, c'est la faute à ce fichu devoir qui me clouait là, près de la barrière de ce square, comme un factionnaire imbécile tandis qu'à Paris, tous les anciens, ils accompagnaient le corbillard. Sacrebleu ! Je suis pourtant quasiment sûr que si le maréchal, il avait vu papa Marignan s'approcher de sa tombe et lui dire tout uniment, rapport à ce que je ne sais pas tourner de boniment : « — Au revoir, Monsieur le maréchal ! — » ça l'aurait, comme on dit, ravigoté tout de suite, son cœur aurait fait comme le mien tout de suite, tiens ! Il aurait bondi dans sa vieille carcasse, car je le connaissais, saperlotte, le duc de Magenta ; c'était un brave homme, et puis... et puis... il aimait le soldat, v'là !

III

Cet incident fit date dans la vie du vieux patriote, et fut pour lui le commencement d'une période de bonheur.

Aussi répétait-il à tout bout de champ :

— Tout de même, faire son devoir, y a que ça ! La

consigne me dit : « père Marignan, en hiver, à
6 heures, ferme les grilles du jardin. » Si j'avais de-
vancé l'heure, je n'aurais pas eu l'occasion de ren-
contrer cette jeune demoiselle. Si j'avais été retar-
dataire, je n'aurais pas pu empêcher d'entrer dans le
square les deux chenapans qui la poursuivaient, et
alors, Dieu sait ce qui serait arrivé !

Aussi le bonhomme redoublait-il de surveillance
et de sévérité.

*
* *

Du reste, il était gâté, le bon vieux, depuis ce fameux événement c'était des friandises qu'une main
inconnue, mais qu'il devinait bien, mettait presque
tous les matins dans sa guérite; des bouteilles de
vin, du fameux vin, nom d'un nom ? Et surtout, des
paquets d'excellent tabac, qui vous avait un arome,
un fumé ! et qui flattait à ce point le défaut mignon
du père Marignan qu'il revenait irrésistiblement à sa
provision dans le cours de l'après-midi, malgré la
consigne qu'il s'était donnée de ne fumer que six
pipes par jour... C'est que, voyez-vous, *Eugénie*
n'avait jamais eu l'honneur d'être culottée par du tabac aussi fin !

Car Eugénie était une pipe historique ; il lui avait
donné ce nom en mémoire de l'impératrice, et il
rappelait avec un certain orgueil ses campagnes et
ses états de service.

— Monsieur, en 1870, la dernière fumée française
qui s'est élevée sur les remparts de Metz, c'est la

sienne ! Et je vous prie de n'en pas rigoler, vu qu'il s'agit d'un point d'histoire important.

« Vous savez que le 28 octobre, on nous a annoncé la capitulation, et que tous nos beaux régiments, zouaves, grenadiers, chasseurs d'Afrique, chasseurs à pied, francs-tireurs et voltigeurs, l'âme dévorée par l'humiliation et la rage, ont été forcés de s'en aller, compagnie par compagnie, remettre à l'arsenal leurs armes, leurs aigles, leurs drapeaux, et jusqu'à ces joyeuses trompettes qui, le matin, au petit jour, sonnaient si gaiement la diane au quartier, Moi, j'étais à l'ambulance, rapport au boulet de canon qui m'avait enlevé le bras gauche au commencement du siège.

« Le lendemain, ce fut au tour de la garde impériale d'aller se faire désarmer. Grénom ! J'ai connu, comme tout le monde, bien des scènes douloureuses dans ma vie, mais celle-là, voyez-vous, celle-là, elle vous empoignait les entrailles !

« Il faisait un temps de chien ; le vent soufflait en tempête ; une pluie fine et glacée s'étendait sur la ville, comme un brouillard épais et compact dont la vapeur serait de l'eau ; vous voyez d'ici l'rapport s'pas ?

« A midi sonnant, m'sieur, ces noms de noms de Prussiens ont pris possession de la place, des forts et des portes, et je les ai vus, de mes yeux vus, arborer leurs couleurs maudites sur le Mont Saint-Quentin.

— Mais, père Marignan, votre pipe ?...

— M'y v'là, mon cher Monsieur. Donc, à partir de midi, les Français évacuent la ville, et le lugubre mouvement de la remise des troupes aux autorités étrangères commence. Peu après, les Prussiens font leur entrée dans Metz, et s'assurent des ambulances.

« Pendant ce temps-là, j'étais sur les remparts pour voir le navrant spectacle des soldats français se rendant, désarmés, en longues files silencieuses, dans les lignes ennemies.

« Partout, les couleurs noires et blanches du prince Frédéric-Charles étaient arborées. Seul, le fort Moselle où j'étais entré avec la garde mobile qui ne voulait pas se rendre, conservait les couleurs de la France.

« Ça me ravigotait encore d'apercevoir ce cher drapeau flotter parmi les étendards allemands.

« D'en bas, l'état-major ennemi attendait avec impatience que nous consommions la honte de la France en lui abandonnant notre dernier fanion. Oui, mais c'est qu'on tenait bon ! Ils nous arrachèrent le drapeau, on le leur reprit, et, bravant les coups de plat de sabre des officiers, on le cloua vigoureusement au haut d'un mât.

« Notre résistance enrageait les casques à pique. Les camarades se disaient en me voyant : « — Qu'est-ce qu'il vient faire là, cet invalide ! — En effet, je n'avais pas d'armes pour me défendre, et je ne possédais plus qu'un bras.

« Tout à coup, le drapeau français tomba pour ne plus se relever. Nos mobiles finirent par se rendre. Alors une idée diabolique me passa dans le cerveau. Je me plaçai tout contre le mât dépouillé de son étendard, et là, bien en vue des prussiens, tandis que les amis dégringolaient le fort, j'allumai tranquillement ma bouffarde, et je restai dans cette position le plus longtemps que je pus, projetant, d'un air de défi, mes crachats dans la direction du gigantesque drapeau prussien, jusqu'à ce que du dernier grain de tabac de ma pipe, j'aie pu tirer la dernière bouffée !

« Pas un coup de feu n'avait été tiré, m'sieur ! Et c'est de mon *Eugénie* que sortit la dernière fumée française sur les remparts de Metz ! »

Voilà un épisode *sui generis* que l'histoire ignore, mais qui, nom d'un nom, valait presque l'affaire des « Dernières Cartouches », de Bazeilles.

— Seulement, ajoutait avec modestie le père Marignan, chaque fois qu'il racontait ce trait d'héroïsme : vous savez ce que c'est, il fallait rejoindre les camarades au plus vite, alors, ma pipe, je ne l'avais pas bourrée jusqu'à la gueule : compris, n'est-ce pas ?

***

Le jour de l'an, un beau laquais se présenta devant lui, tenant à la main, une corbeille chargée d'oranges et de provisions, avec un joli porte-monnaie contenant deux louis d'or.

— De la part de Mlle de Therdonne, lui dit l'envoyé en s'inclinant avec une parfaite correction.

— Ah ! bien... Nom d'un nom !... je... nom d'un nom de nom d'un nom ?

Et le vieux gardien, les yeux remplis de larmes, regardait tour à tour, avec une stupéfaction comique, le laquais à la brillante livrée et les cadeaux inattendus qui lui arrivaient, comme aux petits enfants, comme aux riches, comme à tous ceux qui ont une famille et des amis, le matin du jour de l'an.

— Ça, par exemple ! Ça...

Tout à coup, son œil fixa le joli petit porte-monnaie qui contenait les deux pièces d'or. Il l'ouvrit brusquement, en estima le contenu avec rapidité, et, de rouge qu'il était, il devint subitement pâle et honteux :

— Mais... c'est de l'argent !.. J'ai pas le droit d'accepter rien !.. Je... Je ne réclame rien, moi, m'sieur ! Je... fais mon devoir, comprenez-vous, m'sieur ?... Je surveille à seule fin de maintenir l'ordre, c'est ma fonction, je dois la remplir ; j'suis payé pour ça par le gouvernement... Suffit ! — Dites à vos maîtres que je... me jette à leurs pieds, nom d'un nom ! que je... suis content d'eux, est-ce pas ? que je suis un homme d'honneur, puisque j'ai la médaille militaire.. Mais que, pour ce qui est d'accepter de l'argent, quant à ça, sous prétexte que j'ai porté subrepticement secours à une jeune demoiselle, étant dans l'exercice de mes fonctions conférées par l'Etat, non ça... s'peut pas !... Suffit !... V'là vos napoléons !.., Et puis... merci encore, et... et... eh ! bien, qu'est-ce que vous faites-là ? N'n'utile de m'offusquer davantage avec cette chose, s'pas ? Demi-tour ! et rompez !...

IV

C'était l'observation stricte de la consigne qui avait fait le bonheur du Père Marignan.

O ironie des destinées humaines ! Ce devait être cette même fidélité tenace à l'accomplissement de son devoir *quand même* qui allait causer son martyre !

Cinq mois passèrent ; on arriva en mai.

Mlle de Therdonne — nous savons maintenant son nom — continuait régulièrement son petit manège avec le gardien. Cette adorable jeune fille s'était sincèrement enthousiasmée pour le brave homme, et avait fini par faire partager à toute sa famille son admiration.

Dans les réunions, en visite, en soirée, son grand bonheur était d'imiter le parler et les manières du vétéran qu'elle caricaturait joyeusement.

Le père Marignan avait fini par devenir très populaire dans ce milieu.

Bien des fois, des bandes d'amies et de jeunes gens, amusés par les mimes de Mlle de Therdonne, étaient passées dans le jardin tout exprès pour voir le héros dont elle faisait un si gracieux et si comique éloge. Cela s'était transmis de groupe en groupe, et, sans qu'il s'en doutât, le gardien du square de *** était devenu un véritable objet de curiosité.

Aussi, dans les promenades, le mot d'ordre parmi cette jeunesse, et il faut bien le dire, parmi les parents et les vieux amis, était désormais celui-ci :

— Passons par le square, nous allons voir le gardien.

* *
*

Lui, parbleu ! n'avait pas à se plaindre de tout ceci.

Ah ! s'il avait pu se douter de tous les regards indiscrets qui l'envisageaient, s'il avait remarqué tous les kodacks, tous les appareils photographiques qui traitreusement se braquaient sur lui dans l'ombre, et enregistraient ses gestes, ses poses, ses attitudes ! Le père Marignan, qui n'aime pas qu'on le plaisante, s'en serait sûrement contrarié.

Mais il ignorait tout. Il s'imaginait dans sa naïve modestie, que Mlle de Therdonne seule s'occupait de lui, et les gâteries qu'elle lui faisait remettre ou lui portait elle-même presque tous les jours suffisaient à lui procurer un bonheur inexprimable, une joie de vivre qu'il n'avait jamais ressentie auparavant.

D'ailleurs, il sentait bien, autour de lui, une atmosphère de sympathie qu'il respirait avec un ineffable bien-être, sans qu'il en comprît au juste la cause.

Et quelle satisfaction c'était pour son amour-propre de soldat lorsqu'il pouvait raconter son passé militaire, ses brillantes campagnes, auprès des élégantes dames assises le long des plates-bandes et au milieu d'un groupe d'artistes aux longs cheveux, accourus pour croquer son type, et de jeunes écrivains en quête de personnages originaux.

— Monsieur, le 14 septembre 1854, nous gagnions la bataille de l'Alma.

— Monsieur, j'ai vu comme je vous vois le maréchal Pélissier ?

— Vous regardez ma pipe, ma vaillante *Eugénie ?* Eh ! bien, monsieur, en 1870, la dernière fumée française qui s'est élevée sur les remparts de Metz, c'est la sienne ! Et je vous prie de n'en pas rigoler !..

Cette dernière aventure surtout revenait volontiers dans les souvenirs de notre héros !

Pauvre père Marignan !

**

Un jour, la jeune fille ne reparut plus ; ce fut une bonne qui alla chercher soir et matin la petite sœur.

Le gardien eut comme un pressentiment d'un malheur. Etait-il arrivé quelque chose à sa protectrice ? S'était-elle lassée de lui. Voulait-elle l'éviter ? Lui avait-il déplu ?

Toutes ces idées voltigeaient comme des papillons noirs autour de lui. Il s'en allait tristement chaque soir, à présent qu'il n'avait plus son rayon de soleil, le joli sourire spirituel et fin qui se tournait vers lui en passant, et la main mignonne qui déposait furtivement des petits paquets de friandises et de provisions dans sa guérite, dès qu'il avait le dos tourné et qu'il faisait semblant de ne pas regarder.

Ses journées étaient maintenant moroses et longues, longues ! le matin, il paraissait fiévreux et préoccupé.

— Va-t-elle revenir ? se disait-il, la verrai-je enfin passer devant moi comme autrefois ?

Hélas ! la matinée s'écoulait, et la jeune fille ne venait pas.

— Peut-être sera-ce pour tantôt, insinuait alors le père Marignan, histoire d'espérer malgré tout.

Mais bah ! la journée s'achevait comme la matinée et toujours rien, rien que la bonne et la fillette qui le regardaient bien un peu quand même, en riant à demi... mais ce n'était plus du tout la même chose.

Pourtant, il recevait toujours, de temps à autre, quelques générosités — Ça, c'était une preuve qu'on se souvenait encore de lui ! — C'était du linge, des cravates, et puis des litres de vin et toujours des paquets de tabac, de fin tabac des îles dont l'odeur parfumée grisait le bonhomme et lui procurait des rêves exquis, d'heureux moments peuplés de souvenirs...

Une fois, voulant à tout prix savoir ce qu'était devenue Mlle de Therdonne, il surprit la bonne déposant elle-même un petit paquet à son adresse ; il s'approcha, et s'enhardit jusqu'à lui causer :

— Hum ! hum !

La jeune femme se retourna :

— Oh ! vous m'avez vu, Monsieur !

— Hum !... oui, je... je vous prends sur le fait, comme on dit. Que de bontés, ma fille, que de bontés pour moi !... Je... Je suis vraiment... comment dirais-je ?... satisfait de vos maîtres, v'savez ?

— C'est à Mademoiselle que vous devez tout cela..

Le bon gardien devint tout rouge en entendant ce simple mot ; ses jambes flageolèrent ; il s'appuya sur sa canne :

— Et... naturellement, cette jeune demoiselle, que je bénis comme de juste, va toujours bien, s'pas ?

De grosses gouttes de sueur perlaient sur son front ; il croyait ne jamais pouvoir se tirer d'une phrase comme celle-là.

— Oh ! bien ! la pauvre enfant ! dit la bonne, elle a été très malade !

— Nom d'un nom !

— Même, on a cru un moment qu'elle allait en mourir...

— En mou... oh !...

Le pauvre homme ne pouvait plus articuler un mot ; il pâlissait maintenant, il y voyait trouble ; il fut obligé de s'asseoir sur un banc pour ne pas tomber.

— Dame, reprit la jeune femme, elle a pris froid à la sortie d'un bal ; il n'en faut pas davantage pour attraper une pleurésie. Et les choses ont été si loin que ma maîtresse pensa la perdre... Mais comme vous êtes pâle ; tranquillisez-vous, mon brave homme ; elle est maintenant à peu près guérie... Oh ! elle s'est informée de vous, pendant sa maladie ! Tous les jours, elle me demandait si je vous avais vu. C'est de l'affection vraie qu'elle a pour vous ! Elle si bonne, mademoiselle ! Mais vive par exemple ! Oh ! çà ! — Et puis, enragée, quand elle veut quelque chose, il n'y a rien au monde qui puisse l'arrêter !

Le père Marignan, très ému, essuya furtivement deux grosses larmes le long de ses joues. Toute la journée, il crut entendre la voix de la bonne lui disant avec simplicité cette phrase qui avait mis tant de baume dans son cœur : « C'est de l'affection vraie qu'elle a pour vous ! »

*
* *

Que le jardin est joli par cette fin de mai ! Les gazons verdoyants sont couverts de pâquerettes et de boutons d'or, le lierre est plus touffu autour des rochers qui bordent la pièce d'eau et forment la grotte.

Il y a, de place en place, toute une combinaison de parterres, de jottes, de ravenelles ou giroflées qui embaument l'air à cent pas.

Les reines-marguerites, les primevères, montrent leurs frais visages. Il y a des rubans d'œillets multi-colores, de pensées au regard enigmatique, de myo-sotis azurés, de muguets et de corbeille d'argent.

Il y a des jardinières d'iris, des touffes de fougères, des massifs de géraniums, de dahlias et de fleurs rares.

C'est partout la fertilité, l'abondance et la propreté la plus luxueuse.

Les lilas rouges, mauves et blancs, montrent leurs grappes aux parfums énivrants, leurs grappes fra-giles que le vent secoue gentiment pour recouvrir le sol de la jonchée des petites fleurs en forme de clo-chettes qui les composent.

Les allées sont sablées et soigneusement ratissées. La terre, soumise à une bienfaisante hydrothérapie, exhale son haleine chaude aux caractéristiques sen-teurs de solanées.

Les serres, tempérées avec art, sont gorgées de fleurs et d'arbustes transplantés, que l'on aperçoit à travers les grilles et les voûtes de verre qui tiennent lieu de toit.

Sous les avenues, les marronniers sont immenses, et donnent de même que les ormes et les tilleuls em-baumés, un ombrage reposant et profond.

Il y a d'exquis berceaux de feuillage, plus sombres et plus épais que les autres où, soir et matin, les amoureux, voluptueusement enlacés, aiment à venir s'asseoir pour y rêver en effeuillant des fleurs.

Les acacias aux belles grappes jaunes, odorantes, et les sorbiers parsemés de fruits rouges, sont en bordure le long du lac, et leur blonde chevelure frissonne sur l'onde qu'agite le perpétuel bouillonnement de la cascade, cependant qu'un groupe de lions de bronze, monstrueux et fiers, placés au milieu d'une vasque aux bords arrondis, vomissent l'eau à pleine gueule, l'eau neigeuse qui valse sa valse farouche sur la nappe tranquille du bassin d'où émergent les nénuphars et les roseaux.

Les jardiniers arrosent l'herbe vaporeuse. Là-bas, sous l'allée, les marchandes de gâteaux, de plaisirs et de ballons verts, rouges et bleus, s'en vont, suivies des yeux par les fillettes et les garçonnets, et le kiosque des joujoux, aux élégantes chinoiseries, est envahi par les enfants, les bonnes et les mamans.

Sur un rond-point fait exprès, Guignol a installé ses tréteaux.

Un peu plus loin, ce sont des chevaux de bois que l'on aménage.

Et l'arroseur public passe, lentement, monté sur son tonneau de fer, que conduit un cheval indolent, et derrière la voiture une sorte de tuyau circulaire percé de mille trous laisse échapper en cascade l'eau d'arrosage qui s'éparpille sur toute la largeur du chemin et éclabousse les petits enfants accourus avec leurs seaux, pour essayer de les remplir à cette fontaine improvisée. Les seaux ne s'emplissent pas, mais les jolis habits sont inondés en peu de temps et ce sont alors des rires, des cris de joie, que tempère

aussitôt le reproche sévère de la maman ou de la gouvernante.

Cependant, flegmatique, insouciant de l'invariable effet qu'il produit, le bon arroseur passe sans s'occuper des multiples incidents dont il est la cause involontaire.

*
* *

Oh ! ces matinées de printemps, au jardin public ! Cet entrain, ce charme élégant de la nature parée et embellie par l'homme ! Cette douceur reposante des rires d'enfants, des parfums des fleurs et des zéphirs tiédis par le soleil sans cesse plus épanoui, à mesure que midi s'approche.

Ce luxe irréprochable en imposait au père Marignan. Instinctivement, il éprouvait le besoin de brosser plus soigneusement sa redingote et de se raser plus régulièrement que jamais afin de ne pas faire tache au milieu du jardin.

Oh ! comme il aimait cet oasis d'ombrage et de verdure comme perdu dans l'agglomération de maisons, des voies pavées de la cité, de tout ce labyrinthe de pierres, gris, sombre et monotone, au sein duquel la nature riante et fleurie perd ses droits.

Tout autour du square, en effet, derrière les frondaisons nouvelles, derrière la crinière sombre des beaux grands arbres, on pouvait voir des perspectives de toits ardoisés, de balcons suspendus sur le long des hautes façades de maisons de rapport, et par dessus tout cela, les fumées épaisses et noires des cheminées d'usines.

Mais les mille bruits de la rue, les envols des cloches bourdonnant au sommet des vieilles tours go-
thiques, les piaffements des chevaux, le tintinnabu-
lement du timbre des tramways, les bruits de marteaux frappant l'enclume d'un forgeron voisin, les
coups de fouet, les aboiements des chiens, enfin,
tout le brouhaha de la vie citadine n'arrivait qu'atté-
nué et comme adouci, au milieu du jardin ; la chanson frêle d'un pinson ou d'un moineau, et les bruisse-
ments de la ramée dominaient aisément cette grande
voix, rendue incertaine, imprécise et vague de la cité,
véritable ruche du travail.

*
* *

Le père Marignan est content : Mademoiselle
de Therdonne, pour la première fois depuis sa maladie, a repris ses courses quotidiennes, et sa capricieuse sœur, qui ne veut pas être conduite en classe
par une autre personne que sa Suzanne, abandonne
avec fierté et tendresse sa petite main dans la main
gantée de sa fidèle conductrice enfin retrouvée.

Suzanne apparaît, plus belle et plus fraîche que
jamais, en robe de mousseline mauve et blanche avec
des iris sur sa coiffure. C'est pour le brave homme un
véritable éblouissement.

Il se dit qu'à midi, quand elle repassera, il lui
adressera la parole pour lui demander de ses nouvelles et la remercier de sa grande bonté.

Et, tout en se promenant parmi les avenues des
squares, au milieu des promeneurs et des enfants qui

affluent d'heure en heure. il rumine la phrase qui lui
servira d'entrée en conversation :

— Mademoiselle... Mademoiselle...

Non, il n'y a pas à dire, ce matin, père Marignan
n'est pas inspiré.

C'est idiot, il ne peut pas trouver un mot. Pourtant
rien n'est plus simple que de demander à quelqu'un
des nouvelles de sa santé. Mais le vieux briscard a
beau chercher, la formule correcte ne lui vient pas.

— Vous voilà donc enfin rétablie...

Non, c'est pas encore çà !

— Mademoiselle, comment allez-vous ?

Eh ! non ! Eh ! non ! Voici :

— Je suis heureux de vous revoir enfin !

Ah ! zut ! je ne trouverai rien.

Et le soldat se désole et frappe du pied avec colère.

*
* *

— Oh ! les jolies roses ! vois donc, Germaine ?

C'est la grande sœur qui dit cela. Toutes deux
viennent de faire leur apparition dans le square et,
mises en gaîté par le beau soleil et la claire nature,
elles jouent et gambadent avec insouciance, tandis
que midi sonne à toutes les paroisses avec des len-
teurs d'*Angelus*.

Midi sonne ! et aussitôt le jardin public s'emplit
d'employés de bureau, de petites modistes au frais
minois, d'ouvriers, de journalistes, de toute cette po-
pulation laborieuse que les douze coups de midi libè-
rent pour une heure ou deux, et qui se presse vers le
restaurant prochain ou la salle à manger familiale où

là jeune femme attend, avec son bébé dans les bras, l'époux modeste et travailleur, heureux et fier des deux cents francs qu'il gagne par mois dans une grosse administration.

— Germaine, regarde donc les jolies roses !

*
* *

Le gardien connaît bien le timbre limpide et charmant de cette voix. Il relève vivement la tête ; la jeune fille est à vingt pas de lui.

— Mazette ! c'est elle !

Et son rude cœur se met à battre comme celui d'un jeune homme timide. Il a beau lui commander :

— Fixe ! — Garde à vos ! — A vos rangs !

Je t'en fiche ! Ce coquin de cœur cabriole quand même en dehors de l'alignement. La jeune fille est si belle, si compatissante pour lui ! Sa longue maladie l'a si bien parée de cette auréole de sympathie et de tendresse que l'on ressent à l'égard de ceux que l'on aime, qui sont beaux et qui ont souffert.

Une force invincible pousse donc le vieillard vers sa petite bienfaitrice.

Elle, cependant, ne l'a pas encore vu, absorbée qu'elle est dans la contemplation des roses qui fascinent son regard de convalescente.

— Tiens, Germaine, tu vas être gentille ! cours vite jusqu'au massif de rosiers et cueille-moi celle-là tu vois bien ? Celle qui est couleur de chair !

Germaine hésite.

— N'aies donc pas peur, petite sotte ! Le gardien

est un si brave homme ! Il irait au besoin la chercher à ta place !

Le père Marignan s'était tout à fait rapproché.

En entendant ces mots, et en voyant la petite fille
se hasarder sur le gazon, son visage, qu'il s'était
efforcé de rendre aimable, reprit tout à coup son
masque rigide. Il ne pensait plus du tout à sa phrase
d'entrée en conversation. Le compliment que ses
lèvres allaient balbutier menaça fort de se changer
en juron.

Mais il fut héroïque, il se contint de son mieux.

— Mademoiselle, s'il vous plaît ! Eh ! là-bas, vous
aussi, la petite, s'il vous plaît ! ! Je... ne permets à
personne de marcher sur les gazons et de cueillir
des fleurs, attendu qu'effectivement, et malgré tout,
le respect que je vous porte, je n'ai pas le droit d'accorder une telle autorisation !

Mlle de Therdonne se retourna, rieuse :

— Comment, méchant gardien, c'est vous qui nous
défendez de prendre une rose ? Mais je vais vous
gronder d'avoir comme cela de grands air rebarba-
tifs avec vos petites amies ! Pour la peine, vilain, je
vous condamne à aller cueillir vous-même la belle
rose-thé que je désire ! Et tout de suite, Monsieur !

Elle accompagna cette réplique effrontée d'un
geste mignon de menace esquissé par son petit
doigt.

Le square devenait d'instant en instant plus désert.

Le langage de Suzanne déplut presque autant au
soldat qu'il le charma. Sa lèvre eut un sourire ; son
front ne s'en plissa que davantage :

— J'ai l'honneur de vous faire *assavoir*, Mademoiselle, que je ne plaisante pas sur ce chef... Je vous en prie... Evidemment, je regrette..., et même, je... regrette... beaucoup, j'vous assure, de ne pouvoir obtempérer aux désirs que vous m'avez si péremptoirement exprimés, et dont je suis tout autant charmé, comme de juste ! Mais je n'connais que la consigne, moi, Nécessairement, ces fleurs ne m'appartiennent pas ; en conséquence, je ne peux pas vous en conférer, comme on dit..., heu, heu..., la queue d'une !... C'est la consigne, rien à faire contre cela.

Il sentait bien, le pauvre homme, qu'il bredouillait affreusement, tout en prononçant ces phrases interminables, bourrées de qui, de parce que, de donc, de par laquelle, etc., etc. Il voulait être aimable, et comme il ne trouvait que des mots durs, brefs, cassants, il espérait, en allongeant ses phrases, en atténuer la rudesse, mais il n'y parvenait pas ; et il avait peur de rester en panne : chose curieuse ! il perdait même toutes ses idées à les délayer ainsi ; son pauvre esprit faisait alors l'effet d'une roue de moulin qui tournerait à vide dans le lit d'une rivière sans eau.

La jeune fille se fit caressante ; un éclair de volonté tenace rayonna dans ses beaux grands yeux violets.

— Je vous en supplie ! Vous seriez si, si gentil ! J'aime tant les roses ! Voyons, laissez-vous toucher ! Vous êtes si bon ! Rien qu'une rose, Monsieur ! Vous pouvez bien lever pour moi cette cruelle consigne !

— Je vous réitère derechef que la fonction comme par laquelle je dois veiller à la conservation des fleurs ne saurait être oubliée de ma part en aucune circonstance.

Elle devint boudeuse :

— Vrai ? Vous ne feriez pas cela pour moi ? Oh ! que c'est vilain ! je ne vous aime plus !...

— Mademoiselle... je... évidemment !... mais.., voilà !

Et le brave Marignan, au comble de l'embarras, fourrageait dans sa barbe avec un acharnement comique ; il voyait bien qu'il s'effondrait de plus en plus. Entre cette jeune fille qu'il affectionnait comme un père, et son devoir inflexible, il se sentait balotté douloureusement, comme une pauvre épave entre deux écueils.

Le square, cependant, était devenu tout à fait vide.

La jeune fille lui souffla une idée :

— Tenez, c'est bien simple ; tournez le dos ; comme cela, vous ne nous aurez pas vues ; qu'est-ce que vous voulez qu'on vous dise ? Vous serez censé ignorer la chose. Vous ne pouvez pas, que diable ! être partout à la fois !

— Regrette beaucoup, v's' assure ! Regrette beaucoup ! Mais, s'peut pas ! La consigne, c'est sacré ! Nom d'un nom ! M'avez compris ? N'utile d'insister, s' pas ?

— Et si je le veux, moi ?

— Je vous ferai *respectablement* observer que je m'y opposerai.

— Ah ! vous vous y opposerez ? Eh ! bien, regardez !

Et elle voulut s'élancer vers le massif de roses.

Mais un bras vigoureux s'abaissa sur son épaule.

— Mademoiselle, permettez ! Je ne vous veux que de bien ; donc, ne me mettez pas dans le cas de sévir, ce qui me navrerait, je vous le jure.

Sa voix était suppliante ; son regard avait quelque chose d'infiniment triste et douloureux. Cette scène était tellement imprévue pour lui ! Son scrupule, son point d'honneur le mettaient dans une position si pénible par rapport à ses sentiments d'affection et de reconnaissance !

Un soufflet lestement appliqué sur la joue du soldat fut la réponse qu'il reçut.

Alors, tout son sang ne fit qu'un tour.

La fierté du guerrier bondit sous l'injure imméritée.

Ses yeux s'injectèrent de sang. Il fit un pas en arrière, lâcha l'épaule de la jeune fille et leva sur elle précipitamment son gourdin.

— Malheureuse ! rugit-il entre ses dents, dans l'aveuglement de la colère.

Mlle de Therdonne était devenue toute blanche ; elle frémissait de rage et de dépit. Sa jeune sœur se serra contre elle, effrayée.

C'était la première fois qu'elle se voyait contrariée dans ses caprices, et par qui ? Par celui qu'elle obligeait tous les jours.

— C'est trop fort ! s'écria-t-elle, toute tremblante de colère.

Son orgueil éprouvait alors une amertume immense ; elle oubliait que ce pauvre homme lui avait sauvé l'honneur et peut-être la vie, elle oubliait qu'elle était en présence d'un esclave du devoir, d'un maniaque du droit chemin, et elle lui cria des insultes et des menaces, d'une voix sifflante et venimeuse.

Chose étonnante, cette avalanche de paroles injurieuses calma le soldat ; il abaissa lentement la main qu'il avait levée sur cette jeune fille, si profondément chère à son cœur de vieillard désenchanté, et une grosse larme sillonna sa joue creusée de rides en tous sens.

— Allez-vous en, Mademoiselle, dit-il d'un ton mal assuré ; je ne veux pas sévir contre vous...

— Monsieur, répondit Mlle de Therdonne, en dardant sur lui un regard de haine et de souverain mépris, vous allez me payer cher votre ridicule entêtement, Oh ! je m'en vengerai, je briserai bien votre résistance !

Et elle se sauva, brûlante de fièvre, jurant de tirer une éclatante revanche de l'humiliation qu'elle avait éprouvée à se heurter, jeune fille de haut rang, contre l'ébranlable ténacité d'un vulgaire gardien de square.

*
* *

Le père Marignan, pendant ce temps-là, demeurait immobile et comme hébété à la place où s'était passé cette singulière altercation.

Il lui sembla qu'il venait de faire un mauvais rêve.

Il avait peine à ressaisir ses idées :

— Ça.., tout de même... ça... ça me dépasse !...

Un énergique coup de bâton qu'il asséna sur le sol traduisit tout son mécontement.

Il éprouva la sensation qu'il venait de faire une énorme gaffe, qu'il avait été stupide et déraisonnable, qu'il avait perdu par son entêtement idiot la seule sympathie qui daignait encore s'attacher à lui, ici bas, que c'en était fait désormais de sa joie de vivre, qu'il ne se consolerait jamais d'une telle faute.

Il se vit seul, seul, seul. Il ressentit un horrible déchirement au cœur, à la pensée qu'il était devenu l'objet de la haine de cette jeune fille, lui dont l'existence avait été toute de devoir et de privations, lui qui n'avait jamais fait de mal à personne, lui qui aurait donné pour elle toute sa vaillance et tout son sang.

Lentement la désespérance distillait son amer poison dans cette âme rude et bonne.

— Et tout cela, pour une rose ! murmura-t-il avec un geste navrant de rage et de désappointement.

— Satanée rose !

Et son regard glissa peu à peu vers la fleur exquise, cause du mal irréparable qui venait de lui être fait.

Elle était en effet séduisante, cette adorable rose thé, souriante au milieu du joli parterre de rosiers dont le vieux gardien protégeait les abords avec le soin jaloux d'un spahi à la porte du sérail.

A cette vue, le calme se fit par degrés dans son cœur ; il lui sembla qu'au parfum de ces fleurs se mêlait le parfum austère et doux du devoir accompli ; il accepta dès lors l'amertume du sacrifice ; il se dit que vraiment, il n'aurait jamais osé permettre qu'on touchât seulement à un pétale de ces roses qui, pour lui valaient de l'or ; c'eut été là un crime véritable qu'il ne pouvait décidément pas laisser s'accomplir sous ses yeux, cela aurait fait tache dans sa vie, et tout son passé d'honneur se révoltait à cette seule pensée.

— Ça n'se pouvait pas ! murmura-t-il en étouffant un gros soupir.

Et il ajouta :

— Je me serais bien trop méprisé !

Seulement il ralluma Eugénie sa pipe, sa dernière compagne, et, jusqu'à la fin du jour, il se promena dans les allées du square, un peu plus nerveux qu'à l'ordinaire, ne faisant pas trop attention à ce qu'il faisait, tant sa méditation l'absorbait.

De temps en temps, il s'arrêtait, tirait une ou deux bouffées de sa pipe et refaisait son examen de conscience ; il voulait acquérir la certitude d'avoir strictement rempli son devoir :

— Comprends-tu, Marignan, t'es gardien... gardien ! C'est pas tant pour la rose que pour le principe que t'as bien fait de tenir bon. Comme ça, vieille bête, tu t'es fait une ennemie de c'te petite demoiselle qui t'avait comblé de toutes sortes de gâteries... Oui, mais ! oui, mais ! Remarque bien que le principe reste intact, tu n'y as pas touché, saperlotte ! Et si tu viens à mourir Marignan, mon ami, celui qui te remplacera, il ne pourra pas dire en se revêtant de ta fonction : « V'là une rédingote qu'il faut que je lave, v'là un emploi qu'il faut que je relève ! » Non, il ne pourra pas dire ça, parce que, nom d'un nom ! Marignan, il a préféré empoisonner sa vieillesse plutôt que de manquer à la consigne et à la discipline... qui fait la force des armées ! Suffit !

Le soir, avant de fermer la dernière grille, il débourra sa bouffarde en en frappant légèrement et à petits coups le fourneau contre les barreaux de fer de la barrière, et d'une voix pleine de résignation, mais aussi profondément triste et désolée, le pauvre bonhomme soupira par deux fois :

— Ah ! dame !... Ah ! dame !...

Cette double exclamation exprimait mieux que des flots de récriminations et de larmes le pénible et douloureux combat qui s'était livré dans ce cœur de soldat, et l'immensité du sacrifice qu'il avait accompli.

Ah ! dame !... Ah ! dame !...

V

Dès lors, l'existence du père Marignan approcha bien près du martyre.

D'abord, Mlle de Therdonne évita de repasser dans le square ; elle fit à dessein un long détour, afin de ne plus revoir le gardien :

— J'aurais peur, se disait-elle, de ne pas maîtriser ma colère !

Puis, changeant de tactique, elle résolut de pousser à bout le pauvre homme en le lardant de petites pointes, de vexations multiples et de moqueries de toutes sortes.

Son amour propre outragé lui dicta mille taquineries, autant son bon cœur lui avait inspiré de prévenances.

Souvent, elle passait vivement devant la guérite du gardien, contrefaisant les tics et les gestes de celui-ci, cependant que sa petite sœur, dressée par elle, projetait sur le visage du vieillard, à l'aide d'un minuscule clysopompe un petit jet d'eau qui le cinglait désagréablement.

Au lieu de fruits, de douceurs comme autrefois, il trouvait dans le fond de sa logette des carcasses de poisson dans des boîtes à sardines ou bien de pelures d'oranges lancées d'une main alerte en passant.

Enfin, toutes les gamineries triviales et niaises qu'une écolière endiablée peut inventer contre sa maîtresse, Mlle de Therdonne, inspirée par sa sœur gamine, les rééditait avec une fureur impitoyable contre le père Marignan...

*
* *

Et comme elles avaient donné le mot d'ordre à toutes leurs connaissances, peu à peu, le vide se faisait autour du vieillard ; le courant de sympathie s'était changé en un vent d'hostilité de plus en plus accentué. Les jeunes gens empressés jadis à lui faire conter ses campagnes militaires, maintenant, le toisaient dédaigneusement, et les jeunes filles qui traversaient le square pour aller au cours ou pour écouter la musique du régiment ou simplement pour passer au jardin l'après-midi du jeudi, étouffaient de petits rires narquois lorsqu'elles rencontraient le vétéran.

Celui-ci se sentait chaque jour plus seul au milieu de cette sourde opposition qui montait comme une vague autour de lui.

Il avait la sensation d'être devenu insupportable aux habitués de son jardin; on chuchotait à voix basse lorsqu'il faisait sa ronde; bref, il ne se trouvait plus chez lui dans ce square tant aimé; il n'osait presque plus parler; il eut préféré vivre au fond d'une cave que de faire sa promenade obligatoire de surveillance.

O servitude du fonctionnaire!

Les mères disaient très bien à leurs enfants dès qu'elles le voyaient approcher:

Tenez-vous tranquilles, mes chéris; voici le gardien qui est si méchant!

Et cela surtout lui crevait le cœur. Si elles avaient vu alors les deux grosses larmes qui brillaient à chaque fois dans les yeux humbles et doux du bon soldat, ces jeunes mères eussent eu regret de l'avoir accablé d'une si injuste répartie!

*
* *

Lui, pourtant, ne se plaignait pas; il se contentait d'éviter les deux jeunes filles, car il les aimait comme on aime dans la vieillesse, avec le touchant désintéressement d'un grand'père! Et leurs espiégleries lui causaient une peine indicible.

Quelquefois, poussé à bout, il sentait son sang

bouillonner dans ses veines, mais il essayait alors de se maîtriser, et il y parvenait toujours.

Il était héroïque.

Toutefois, sa santé ne tarda pas à s'en ressentir. Son tempérament bilieux ne put supporter longtemps cette lutte inégale de la jeunesse et de la ruse contre la sénilité et la naïve franchise.

Les privations de toute nature qu'il était obligé de s'infliger, la fièvre de chagrin qui le minait nuit et jour, lui ôtèrent bientôt tout appétit et tout sommeil. Il déclinait à vue d'œil, comme un pauvre arbre d'automne qui d'heure en heure se dépouille un peu plus de son feuillage.

Symptôme à noter : les petits gamins pouvaient maintenant presque impunément venir crier en sautant derrière lui, et en lui envoyant force pieds-de-nez :

Ah ! l' pèr' Marignan ! Ah ! l' pèr' Marignan !

Les trois quarts du temps, le père Marignan n'y faisait plus attention. Mauvais, cela !

Quelquefois, pourtant, le vieux lion se réveillait ; son œil devenu atone, reprenait sa fixité terrible, et sa voix retrouvait son accent d'autrefois, mais ces instants-là, brefs comme l'éclair devenaient de plus en plus rares, désormais.

— Oh ! bien, père Marignan, lui disait un matin le vieux jardinier qui s'apercevait un peu du déclin progressif du pauvre gardien, ça ne boulotte donc plus, à c' t' heure ? Vous v' là comme mes plantes ! on voit bien que l'automne approche, ça fait pitié de voir comme elles se déplument. Et je m'dis : Veyons, veyons ! c'est-y que l'soleil y n'veut plus chauffer dans le square, pisque les plantes et les gens, il ne les ravigotte quasiment plus ?

— Ah ! dame... Ah ! dame ! se contentait de répondre Marignan, qui pleurait, lui aussi, son « rayon de soleil. »

VI

Or, un jour, on ne le revit plus.

Les passants habituels furent surpris de lui trouver un successeur. Ils éprouvèrent comme un regret de ne plus distinguer la silhouette rude et sympathique du vieux grognard, si exact et si méthodique toujours.

Les petits troupiers de la musique du régiment eurent moins de plaisir à venir donner sous le kiosque leur concert hebdomadaire, et les gamins eux-mêmes ne trouvèrent plus autant de charme à s'attarder dans le jardin ; ils furent tout tristes de ne plus avoir à se moquer de celui qui était devenu si populaire parmi eux.

Que s'était-il donc passé ?

Ceci : le gardien avait été brusquement congédié et mis à la retraite.

*
* *

La jeune fille, en effet, n'avait pas manqué de raconter à son père la scène de la rose. Naturellement elle n'avait omis aucun détail qui put paraître à son

avantage, et avait, par conséquent, insisté d'une façon toute particulière sur le geste malheureux du
brave homme levant sa canne dans un mouvement
d'indignation ; naturellement aussi, elle avait passé
sous silence la gifle donnée par elle et qui avait pro-
voqué cet élan de colère excusable chez un vieux
soldat inébranlable sur le point d'honneur.

— Le bonhomme était ivre ; il a menacé de m'as-
sommer d'un coup de bâton ; il est brutal, vindicatif
et méchant ! Je n'ose plus repasser devant lui ; d'ailleurs il déplaît à tout le monde.

Germaine, sermonnée par sa sœur, avait ajouté à
cette histoire d'autres détails encore plus révoltants.
Sa déposition avait été accablante ; les parents en
trépignaient de rage et d'émotion.

Usant donc de son influence, M. de Therdonne,
très goûté dans les hautes sphères administratives,
où il avait autrefois rempli un poste important, s'en
était allé demander le déplacement immédiat, voir
même la révocation pure et simple du gardien du
square, qualifié par lui de *dangereux* et d'*inconve-
nant*, et il avait mis sens dessus dessous le personnel
des fonctionnaires afin d'obtenir satisfaction le plus
promptement possible.

*
* *

Toujours correcte dans la forme, l'administration
s'était livrée à une enquête. Cette formalité n'avait
d'ailleurs apporté aucun fait nouveau capable d'assu-
jettir l'accusation.

Mais il fut démontré qu'effectivement, le modeste fonctionnaire incriminé était d'un naturel bourru, et toutes ses réparties, considérées jusqu'alors comme simplement pittoresques, devinrent aussitôt des indices irréfutables de son mauvais caractère.

Par malheur, le jour où le commis chargé de l'enquête sur place avait commencé ses opérations, le père Marignan s'était laissé entraîner au café par le jardinier qui avait, paraît-il, la réputation de s'énivrer. Le commis constata le fait et en déduisit qu'il devait être exact que le gardien se livrait aux dangereuses jouissances de l'alcool.

Dire ceci, c'est démontrer par cela même que l'enquête n'avait pas été favorable au bon vieillard ; aussi un rapport en conséquence fut-il envoyé à qui de droit dans les formes voulues et avec toutes les signatures et contre-signatures exigées.

Le résultat ne se fit pas attendre ; peu de jours après, M. Marignan, ex-sergent d'infanterie, décoré de la médaille militaire, etc., fort mal noté déjà pour des raisons d'ordre politique, était mis à la retraite, sans autre forme de procès.

Lorsque Suzanne de Therdonne connut la nouvelle, elle éprouva une orgueilleuse joie de ce triomphe si complet ; elle tenait donc enfin sa vengeance tant souhaitée ! A partir de ce moment elle cessa de regretter la rose du square, estimant qu'à la vérité on lui avait offert un juste prix pour l'en dédommager.

Il peut la garder maintenant, la fleur qu'il m'a si

durement refusée, elle est payée enfin ! répétait cette cruelle et déconcertante jeune fille, toute fière de n'avoir écouté que sa haine, après avoir laissé pendant si longtemps parler son cœur.

VII

Dans une rue étroite et sombre, perdue au milieu d'un quartier populeux, c'est là que demeure le père Marignan, au dernier étage d'une maison de triste apparence.

Son local occupe en tout deux mansardes, assez vastes pour lui servir à la fois de chambre à coucher, salle à manger et cabinet de débarras.

Depuis longtemps il habite là ; sa concierge peut 1 e dire, il a toujours payé régulièrement son terme. Si vous l'interrogez, elle vous tiendra le petit discours suivant :

— Un homme tranquille, mon cher monsieur, et un homme scrupuleux ! Sa vie est réglée comme le *crâne au maître* (il faut comprendre : chronomètre). Il ne cherche chicane à personne, ne parle d'ailleurs presque jamais, pas plus que moi qui n'aime pas les *bavardailleries* !... Il est poli, propre, soigné de ses affaires et de sa chambre, et comme c'est un monsieur *comme il faut*, il me donne des étrennes !.,.

***

Le père Marignan s'est imposé un gros sacrifice, il ne fume plus. Dame, il faut qu'il fasse des économies ; il n'a plus qu'une modeste pension de retraite, et les quelques cent francs auxquels lui donne droit sa médaille militaire.

Oh ! cette mise à la retraite, si brusque, si injustifiée ! Quel coup il a reçu, le pauvre homme, lorsqu'il a appris cette décision inique ! Il lui a semblé qu'il recevait la mort en pleine poitrine.

Et pourquoi, grand Dieu ? Pourquoi cette rigueur à son égard ?

—Ah ! pourquoi !... Il le sait bien, lui !

C'est parce qu'il a rempli scrupuleusement son devoir ; c'est parce qu'il est resté fidèle à sa consigne ; c'est parce qu'il n'a pas voulu transiger avec les obligations de son état, c'est parce qu'il a sacrifié son intérêt personnel à l'intérêt général dont il était le représentant.

Ceci vous étonne, n'est-ce pas ?

Lui, non. Il sait bien qu'il en est toujours ainsi lorsqu'on veut marcher tout droit dans la vie ; mais c'est là une chose à laquelle il tient.

Il y tient, le père Marignan, seulement, il en mourra, voilà tout

Et voilà pourquoi il est là sur son lit, étendu sans force et sans espoir de guérison, le brave et loyal vieillard dont les petits gars regrettent l'absence, là bas, dans le joli square qui se teinte maintenant des reflets pourpres et mordorés de l'automne.

*
* *

Devant lui, au mur, sont accrochés quelques tableaux de batailles, sa glorieuse médaille militaire

entourée de ses autres décorations, le portrait vénéré
du maréchal de Mac-Mahon, et puis son dernier uniforme de soldat, et puis encore un vieux drapeau qui
datait de la première République et que son père lui
avait transmis pieusement, le tenant lui-même de son
aïeul.

Ces défroques, et ces images guerrières suffisent à
calmer sa douleur. Ses yeux, brûlés de larmes — car
il pleure maintenant, il pleure comme une femme —
s'attachent constamment sur ces visions militaires,
et tout en les contemplant, il évoque son passé, ses
heures de joie et de fierté, et cela l'aide à se calmer ;
il peut alors s'endormir avec sérénité car il lit en
toutes lettres le mot : Devoir, sur les moindres actes
de sa vie.

* *
*

Tout de même, il va de moins en moins bien, le
vieux soldat ; et c'est la concierge qui est obligée de
lui monter ses modestes repas, car il n'a plus la force
de descendre l'escalier pour aller chercher sa maigre
portion chez le restaurateur d'à côté.

Jamais d'ailleurs, il ne parle de Mlle de Therdonne,
jamais il n'a pour elle un mot d'amertume et de rancune ; d'ailleurs à qui pourrait-il en parler ? Qui donc
saurait le comprendre ? Il préfère se taire, et garder
sur tout ce qui la touche un silence absolu.

Et puis, il faut le dire, il croit malgré tout en la
bonté de la jeune fille ; les méchancetés qu'elle lui a
faites, il les attribue à son orgueil froissé, mais il ne
la croit pas perverse ; et il lui pardonne tous ses torts,

n'ayant, de son côté, rien à se reprocher envers elle.

Aussi garde-t-il au fond du cœur l'espoir vague et pourtant tenace qu'elle reconnaîtra un jour son erreur et qu'elle viendra, ne fut-ce qu'une fois, dans son humble taudis pour lui porter secours dans sa misère, et le consoler et l'aider à mourir.

Parfois il murmure tout haut, quand il se croit seul :

— Elle était si bonne !

Ou bien, lorsqu'il entend craquer, sous les pas de quelqu'un l'escalier qui mène à sa mansarde, il se dresse sur son lit, prête l'oreille et une exclamation lui échappe :

— Si c'était-elle, cette fois ?...

Hélas ! ce n'est jamais, jamais elle, et les vœux ardents du vieillard ne servent qu'à consumer plus hâtivement sa vie.

Du reste, son dénuement fait peine à voir ; il s'affaiblit de jour en jour, car il ne peut plus manger tant le chagrin l'étouffe, tant il a l'estomac serré. Le pauvre Marignan meurt de faim. De faim ! n'est-ce pas horrible, mourir de faim ?

Les quelques remèdes qu'il a fait acheter, et que d'ailleurs il ne prend pas ; les visites du médecin, d'autres soins non moins immédiats ont mis à vide sa petite bourse, et la misère noire s'est infiltrée dans son taudis comme la pluie au travers des ardoises mal jointes.

— Faites une demande de secours, insinua la concierge, émue de cette affreuse situation ; la ville ne vous refusera certainement pas.

— Non, Madame, répondit-il je n'ai rien à demander à ceux qui ont cru devoir me châtier ; ce serait
leur donner raison que de leur crier : grâce ! Et puis,
c'est inutile à présent, je sens bien que je vais mourir. Ne vous occupez plus de moi... Seulement, voyez-
vous le petit coffret qui se trouve sur ma vieille
commode ; quand je n'y serai plus, ouvrez-le, il con-
tient le chapelet d'argent et la montre en or de ma
mère... Puisque vous, du moins, vous me restez
fidèle, tout cela vous appartiendra....

La brave femme sortit sur le palier pour qu'il ne
l'aperçut pas éclater en sanglots, puis, mettant à
profit une inspiration soudaine, elle s'en fut aussitôt
quérir une religieuse renommée dans le quartier pour
sa charité.

Celle-ci vint avec des trésors de dévouement plein
son cœur.

Elle avait une grande cornette blanche comme des
ailes d'anges, une robe bleue comme le fond du ciel,
et un gros chapelet pendu à sa ceinture. C'était la
sœur militaire ; la bonne sœur de Charité.

— J'ai vu les vôtres sur le champ de bataille ! lui
dit d'une voix faible mais content le vieux soldat
lorsqu'il la vit apparaître sur le seuil de sa porte.

Mais, à part, il murmura, tandis qu'une dernière
lueur d'espoir s'éteignait dans son cœur :

— Ce pas de femme ! J'avais si bien cru, cette
fois.... Mais bah ! Je vois bien maintenant qu'elle ne
viendra jamais ! Comme elle me hait ! Je ne l'aurais
pas cru... Allons ! Allons ! j'ai fait ce que j'ai pu ;

dormons en paix, le reste après tout, c'est.... c'est de la blague !

IX

Suzanne est fiancée.

Un jeune lieutenant d'infanterie, M. de Valencé lui a demandé sa main.

Il est beau, courageux, grave et doux. Elle l'aime follement ; il lui semble qu'elle est au comble de ses vœux, et même trop heureuse, car il y a quelque chose au fond de son âme qui lui dit « Tu ne méritais pas cela !»

Jacques de Valencé s'est épris d'elle passionnément. La beauté de la jeune fille, l'éclat de ses grâces, la séduction de son langage, la noblesse de sa maison, sa franchise même, malgré sa hardiesse, et son bon cœur doué d'une charmante spontanéité, l'ont tout de suite conquis éperdûment.

Il est donc bien convenu qu'ils s'épouseront.

Mais plus la date approche, plus l'intimité se fait grande entre ces deux êtres qui, graduellement, se fondent l'un dans l'autre, plus aussi la gaîté un peu bruyante de Suzanne semble s'évanouir. Elle devient songeuse, et sa nervosité naturelle augmente de jour en jour.

Jacques s'en est aperçu.

****

Un soir donc qu'ils sont seuls en attendant l'heure

du repas, il se dit qu'il est de son devoir de profiter de ce charmant tête-à-tête pour connaître la cause de la tristesse croissante et en vain dissimulée de la jeune fille.

Ils sont assis l'un et l'autre sur un divan, dans le joli salon des Therdonne, tout encombré de bibelots artistiques, de tableaux rares, de terres cuites, d'aquarelles, de pastels, de bronzes, de cristaux de Bohême, de porcelaines de Sèvres, de ces mille riens exquis et futiles, provenant de souvenirs de voyage ou de cadeaux, et qui gardent le reflet doux et rêveur des êtres qui les ont donnés ou des paysages au sein desquels ils ont été achetés....

N'osant rien lui dire, elle admirait silencieusement le brillant uniforme que le jeune officier portait avec une rare aisance et une naturelle distinction.

Lui-même, un peu ému par la pensée de ce qu'il avait à lui dire, contempla longuement, avant de prononcer une parole, le fin profil de la jeune fille, assise auprès de lui dans une pose pleine d'abandon et de grâce, jolie à ravir en sa robe de foulard bleu qui moulait avec infiniment de charme son corps élégant et svelte.

Il aima cette beauté candide et pensive, et redoutant alors qu'elle ne se fut donnée à lui qu'à contre-cœur, il éprouva, à cette idée, une angoisse tellement insupportable qu'il ne put retenir davantage son silence, et il parla d'une voix tremblante qu'en vain il essaya de rendre calme.

— Chère Suzanne, vous êtes triste...

Elle rougit violemment, s'efforça de sourire et voulut l'interrompre :

— Je vous assure....

— Ah ! laissez-moi parler puisque vous savez bien que c'est la vérité ! Vous êtes triste, et j'ai peur d'en être la cause, j'ai peur que la nature de vos sentiments à mon égard ne soit pas semblable à la nature des miens, et qu'en m'accordant votre main, vous ayez cédé à une volonté étrangère à l'amour.... Je vous en prie ! Ne vous rendez pas esclave, si cela est, d'un devoir qui vous est insupportable ! je ne le veux pas ! Je vous aime trop pour vous prendre malgré vous, et je n'aurai pas l'égoïsme de briser pour toujours vos rêves en vous forçant à devenir l'épouse d'un homme.... que vous n'aimez pas.... Parlez franchement, Mademoiselle, décidez en toute liberté de votre sort et de votre bonheur et je vous donne ma parole de soldat que vos volontés, quelles qu'elles soient, seront pour moi des ordres absolus....

— Jacques, ne parlez pas ainsi, vous me faites mal ! s'écria sa fiancée, en montrant des larmes dans ses yeux devenus d'un violet sombre, et elle posa spontanément ses mains blanches comme l'albâtre sur la main gantée du jeune homme.

— Si vous vouliez, ajouta-t-elle après une pause, vous iriez au piano ; la musique, je le sens, nous fera du bien, à tous les deux.

**

Il accepta, car il avait une passion véritable pour la musique ; il en comprenait les mystérieuses beautés, et c'est à ce langage sublime qu'il demandait le plus souvent de le consoler et de lui redonner courage quand il souffrait.

Il se déganta, se mit au piano et chanta, en s'accompagnant, une des plus émouvantes mélodies de Schumann, *Les deux Grenadiers.*

Son âme de soldat affectionnait particulièrement cette chanson magistrale et lente où passent des échos lointains de *Marseillaise,* des tristesses de guerriers agonisants et des visions tragiques d'aigles éployées, à-demi déchirées, sur les champs de bataille napoléoniens, à l'époque de la déroute.

— Oh ! Jacques, pas cette romance-là !

Mais la belle voix de baryton du jeune officier l'avait entonnée, après y avoir préludé au piano par les graves accords du début.

Vous connaissez cette chanson :

> Je les ai vus, ces deux grenadiers
> Qui s'en revenaient vers la France,
> Et qui des Russes longtemps prisonniers
> N'avaient plus qu'une espérance !
> — Soudain autour d'eux ce bruit va grandissant :
> La France est vaincue et succombe !
> Ses fils ont pour elle épuisé tout leur sang,
> L'empereur est captif, le Dieu tombe !......

— Pas cette romance-là ! avait supplié la jeune fille.

C'est qu'elle lui rappelait, par une association d'idées bien compréhensible le vieux gardien du square qu'elle avait martyrisé, et qui, semblable au héros de la romance de Schumann avait sacrifié à son devoir toutes les satisfactions du cœur.

C'était sa figure qu'elle évoquait chaque fois qu'elle voulait se représenter ces deux grenadiers qui s'en revenaient vers la France !

Aussi, gênée par cette vision obsédante, Suzanne avait fini par ne plus toucher à cette partition, et elle l'avait même cachée au-dessous de tous les autres cahiers de musique afin de n'en plus voir la couverture.

Et voici que par une coïncidence fatale, c'était justement cette œuvre que son fiancé venait de jouer et de chanter presque par cœur, avec une conviction émouvante et un réalisme d'expression qui portaient à son paroxisme le trouble de la jeune fille !

**

Jacques ne put achever le dernier couplet. Le bruit d'un sanglot l'interrompit. C'était Suzanne qui pleurait tout près de lui, anéantie dans un fauteuil, le visage caché dans ses deux mains.

En un clin d'œil, le jeune officier fut près d'elle.

— Mademoiselle Suzanne, je vous ai fait de la peine ? C'est cette chanson ? Vous ne vouliez pas...

Et, croyant que les larmes de sa fiancée signifiaient bien clairement cette fois qu'il n'était pas aimé, un véritable accès de désespoir envahit tout son être. Il balbutia des mots d'excuse :

— Pardon !... Ne souffrez-plus !... Je vous le jure,

Suzanne, vous ne me reverrez jamais, jamais plus...
Soyez heureuse d'abord, ma pauvre amie !

Ces paroles pleines d'humilité douloureuse et de
résignation firent mal à la jeune fille. Elle eut peur
d'avoir à se reprocher une nouvelle victime et son
cœur éclata :

— Décidément, s'écria-t-elle avec amertume, je
suis fatale à ceux qui me chérissent, fatale aux soldats !... O Jacques ! si, si, si, je vous aime, ajouta-t-
elle en nouant ses bras autour du cou de son fiancé,
je vous aime, et c'est pour cela que je pleure et que
vous me voyez triste, parce que — oh ! cet air ! — je
ne puis plus m'empêcher de tout vous dire, maintenant ! — parce que je ne suis pas digne de vous !...

Le jeune homme voulut protester ; elle lui coupa
la parole :

— Non, non ! Jacques, si vous saviez ! Je n'ai pas
le droit d'épouser un soldat après avoir agi comme
je l'ai fait vis-à-vis d'un vétéran aussi brave et loyal
que vos *deux grenadiers !*

** **

Et elle raconta par le menu toutes ses espiègleries,
sa perfide vengeance et sa méchanceté.

Simplement, elle s'accusa d'une voix entrecoupée
de sanglots, maudissant son fol orgueil qui la livrait
maintenant à d'amers regrets après lui avoir inspiré
tant de mauvaises actions.

M. de Valencé était devenu grave en entendant
cette confession ; son visage avait une singulière expression de sévérité.

Elle leva sur lui des regards inquiets et suppliants :

— Me pardonnerez-vous jamais cette faute ? lui dit-elle.

— Mademoiselle, il faut immédiatement la réparer !

— Je le ferai, Jacques, je vous le jure ! Oh ! je lui porterai de l'or, j'implorerai son pardon, je guérirai la plaie que j'ai ouverte dans son cœur afin de redevenir digne de votre amour !...

— Vite ! où demeure-t-il ?

— Cherchons ! Mon Dieu, si nous n'allions pas le trouver !

— Puissions-nous du moins frapper à temps à sa demeure !

X

Or, tandis que tous deux s'ingéniaient à découvrir la maison du pauvre Marignan, interrogeant les vieux soldats et faisant des recherches à l'administration, le vieillard agonisait.

La religieuse avait fait demander le prêtre ; la concierge affolée était allée le chercher.

Ses derniers instants étaient terribles.

Il délirait, se dressait sur son séant et faisait des gestes impérieux et désordonnés. Ses yeux, injectés de sang fixaient des formes irréelles ; il avait l'air de batailler encore. Son visage amaigri, jaune comme la cire, étaient alors effrayant à regarder ;

— C'est la consigne, nom d'un nom !... Balacklava, Inkermann, Le Mamelon Vert, Malakoff, Magenta, Solférino, Puebla, Rezonville, Bazeilles !... Quand on a de pareils états de service, on est soldat, mille tonnerres ! On sait ce que c'est que de croiser la baïonnette, on a appris à ne broncher devant qui que ce soit !. On est soldat ! Pelissier, Mac-Mahon ! Salut !... Cache-toi, Bazaine !... Ne touchez pas à cette rose !... Je fais mon devoir... Vous n'avez pas le droit... Par file à gauche !... un, deux ! un, deux !... Pas accéléré. marrrche !...

Et sa tête retombait, anéantie, sur l'oreiller trempé de sueur et les yeux morts, l'esprit égaré, il balbutiait avec une sorte d'hébétude, imitant les soldats qui vont au pas : un, deux !... un, deux !

Près de lui, attentive à ses moindres mouvements, la sœur de Charité se tenait, immobile, essayant seulement, de temps à autre, de le recouvrir, de le calmer, et de lui faire prendre ses remèdes.

Alors, il regardait d'un air soumis et navrant le crucifix suspendu sur la poitrine de cette vaillante fille :

— Je... j'ai toujours fait ce que j'ai pu, et ainsi donc, ma sœur, je n'ai pas grand'chose à me reprocher... Mais avancez-vous donc, je ne vous vois pas très bien.

Puis il parut rêver, sans doute revit-il alors le gracieux profil de Mlle de Therdonne, car il murmura faiblement, en contemplant la porte qu'il aurait tant aimé voir s'ouvrir sur le passage de la cruelle :

— Fini... Je me résigne, ma sœur... m'est avis que

ce soir, le père Marignan, il aura cassé sa pipe, comme on dit... C'est égal, nom d'un nom, çà, çà, çà... m'aurait aidé à mourir...

Et un sanglot de désespoir râla dans sa gorge.

Mais alors, sa poitrine se gonfla de soupirs qui vinrent s'accumuler sur son cœur et l'étouffèrent. Il se dressa comme un fou ; les yeux lui sortaient de la tête ; il porta précipitamment sa main dans sa bouche comme pour élargir les voies respiratoires :

— A... à moi !.., j'étouffe !...

Un cri rauque s'échappa de sa poitrine en même temps qu'un filet de sang apparut sur ses lèvres. Puis, il se calma un peu.

Toutefois, sentant que la crise atroce allait le reprendre et peut-être l'emporter, il dit aussitôt à la religieuse, d'une voix de commandement, hachant les mots et les précipitant :

— Vite, ma médaille militaire... bien !... accrochez-là sur ma poitrine... là !... Prenez le drapeau pendu... au mur... tenez-le en votre main... près de moi... plus près encore... je ne le vois pas !... mais approchez-vous donc !... Voici.

Alors, il fit un effort inouï pour se redresser un peu et se raidir contre sa faiblesse, puis, d'une voix terrible, il cria devant la mort qui s'avançait ainsi qu'un officier supérieur :

— Garde à vo !

— Fixe ! !

Vivement, il porta la main à son front pour esquisser une sorte de salut militaire sur le passage de la Mort : mais il ne put l'achever, il retomba presque

inerte, en exhalant, en même temps qu'un long soupir ce dernier mot :

—Suffit !...

La Mort était passée.

. . . .

**

Presque au même instant, M. de Valencé et sa
fiancée se présentaient chez la concierge :

— Vite, vite ! dépêchez-vous, s'écria le brave
femme ; il se meurt. — Au quatrième, sur la palier
à gauche !...

Précipitamment, les deux jeunes gens montèrent
l'escalier raboteux, et, frappèrent éperdûment à la
porte du taudis.

La religieuse, affolée, leur ouvrit aussitôt, ne sachant à qui demander du secours. Voyant la jeune
fille, elle lui adressa la parole :

— Mademoiselle !... vous venez bien tard !... Il est
mort seul, sans un ami !

— Oh ! c'est impossible ! s'écria Suzanne, en se
précipitant vers le lit mortuaire et en s'emparant de
la main du cadavre qui pendait, inerte, le long des
draps défaits.

— Monsieur ! Monsieur ! Pardon ! m'entendez-vous ?
s'écria-t-elle désespérément. Jacques, venez m'aider à le réveiller ! Oh ! il n'est pas mort, n'est-ce
pas ? Il n'est pas mort ! Mais réveillez-le donc ! Voyez,
sa main est toute brûlante encore !

Le jeune officier s'avança vers le lit, contempla un

instant cette dépouille mortelle aux pieds de laquelle la jeune fille, bourrée de remords, se tordait les bras de désespoir, — et, voyant le drapeau épars sur la couche funèbre et la médaille militaire brillant sur la poitrine du mort, il comprit en un instant quelle avait été la vie de celui qui avait voulu s'éteindre entouré de ces hochets sublimes. Une émotion poignante l'envahit. Alors, tirant son épée, il porta militairement les armes devant le corps de « l'ancien », et, se penchant sur lui, M. de Valencé murmura simplement : ...

— Noble victime du devoir, au nom de l'Armée française, je te salue respectueusement !...

Une sueur froide perla sur le front de Mlle de Therdonne ; elle leva des yeux hagards sur son fiancé :

— Puisqu'il est mort, dit-elle en s'arrachant la poitrine, c'est donc moi qui l'ai tué.

Et elle se roula aux pieds du jeune homme :

— Je voulais tant obtenir son pardon ! C'est trop tard ! La fatalité me punit. Je suis maudite !... Mon Jacques, allez-vous aussi me maudire, vous ? Oh ! Je deviens folle ! Je ne suis plus digne de vous ! Qui donc voudrait désormais de moi pour épouse ? Je suis chargée de la malédiction d'un mort ; j'ai sur la conscience un crime ineffaçable !

Sa désolation faisait peine à voir.

Le jeune lieutenant la releva sans oser prononcer une parole tant il était bouleversé par cette scène imprévue.

Mais alors la religieuse intervint :

— J'ignore, Mademoiselle, en quoi vous avez pu

désobliger l'honnête homme qui vient de mourir, mais de grâce, ne parlez pas de malédiction devant son cadavre ! C'est un mot qui lui ferait de la peine, s'il l'entendait, car il s'est éteint sans proférer le moindre murmure ; il n'avait jamais sur les lèvres que des mots de miséricorde, de résignation et de pardon ! Oh ! Mademoiselle, il a beaucoup souffert ; mais il aurait eu, je vous le jure, une agonie cent fois plus douloureuse, s'il avait pu penser, ne fut-ce qu'un instant, que sa mort serait une malédiction pour quelqu'un !

Ces paroles, dites avec une tristesse infinie, loin de calmer la jeune fille, ne firent que l'accabler davantage.

Un vrai chagrin s'empara d'elle ; elle avait compté sur le pardon du vieux soldat, elle s'était dit que son absolution était nécessaire à son bonheur et qu'elle ne pouvait être digne de son fiancé qu'en réparant ses torts vis-à-vis du pauvre fonctionnaire destitué.

Elle voulait tomber à ses genoux, recevoir sa bénédiction !

Elle voulait que le vieillard mit lui-même dans sa main la main de son bien-aimé Jacques !

Et elle arrivait chez lui le cœur rempli d'amour, de contrition et de généreux desseins.

Mais voici qu'il était trop tard.

Ah ! le mal que l'on fait serait une chose trop bénigne si l'homme avait le pouvoir de le réparer quand cela lui plaît !

La mort avait mis de l'irréparable entre elle et celui que Mlle de Therdonne s'apprêtait à guérir ! Et

cette conclusion, morale, après tout, laissait la jeune
fille en proie à d'affreux remords, pour l'Eternité ! Il
lui semblait qu'une implacable malédiction allait en
effet peser désormais sur toute sa vie et l'empoisonner
dès son printemps !

Alors, folle de douleur, elle arracha ses bijoux, son
bracelet, ses parures, et les jeta sur le lit mortuaire
en éclatant en sanglots convulsifs :

— Oh ! prenez, prenez tout, tout ce qui m'est cher,
cet or, ces diamants, ces richesses, mais du moins
que vos lèvres s'entr'ouvrent une seconde, rien qu'une
seconde, pour me dire que vous me pardonnez !

Hélas ! les lèvres du défunt ne s'entr'ouvrirent pas ;
elles gardèrent la fixité railleuse du trépas, et son
rigide et satirique sourire ; elles semblaient se moquer de la naïve folie de cette jeune fille qui offrait
de l'or à la Mort pour essayer de l'attendrir, pour
tenter de la faire revenir sur ses pas !

— Je suis damnée, proféra la pauvre enfant en
jetant sur le cadavre un regard terrorisé.

Nerveusement, elle arracha son alliance du doigt
où son fiancé l'avait lui-même placée, et elle la lui
tendit en balbutiant, défaillante :

— Reprenez-la.... Jacques ; elle me brûle les
doigts.... Vous voyez bien que je ne la mérite
pas !

Et atterrée, elle se sauva sans attendre une réponse ; elle descendit précipitamment l'escalier sans voir
le curé de la paroisse qu'elle croisa sur le palier, et
qui lui aussi arrivait trop tard, et elle s'en fut se
blottir tout au fond de sa voiture.

Jacques, très digne, donna des ordres précis à la religieuse, au prêtre, remit à la concierge une somme d'argent pour parer aux premiers frais, promit de revenir dans quelques heures, et rejoignit la jeune fille dans la calèche.

Le carrosse partit alors au grand galop, et durant tout le trajet jusqu'à l'Hôtel Therdonne, M. de Valencé n'adressa pas un seul mot à sa fiancée.

XI

.   .   .   .

Ce fut un bien triste enterrement, vers la fin d'une après-midi d'hiver.

Le temps était sombre et pluvieux. Le vent soufflait en tempête ; un brouillard humide et glacé s'étendait sur la ville comme un rideau de deuil.

Selon ses suprêmes recommandations — on avait retrouvé sous l'oreiller du vieux militaire une sorte de testament — le père Marignan fut porté à sa dernière demeure dans le corbillard des pauvres.

Seulement on remarquait sur le cercueil une couronne de fleurs naturelles d'une richesse inouïe autour de laquelle était enroulé un large ruban mauve.

Cette couronne portait l'inscription suivante :

A mon ami douloureusement regretté !

Hommage et Réparation !

Une autre couronne, non moins belle, portait en sautoir un ruban tricolore, avec ces simples mots : *Pour la bravoure et pour la bonté ! Pour le patriotisme et pour la fidélité au devoir !*

Puis, derrière les rares personnes qui escortaient la funèbre dépouille — quelques voisins et quelques vieux soldats — un magnifique landau fermé suivait au pas ; les lanternes de ce carrosse étaient allumées et voilées de crêpe ; sur chaque portière on pouvait lire les armes de la famille Therdonne.

Cette voiture s'arrêta devant le cimetière ; quand la triste cérémonie fut achevée, et que le clergé eut repris silencieusement le chemin de l'église où la messe avait été célébrée avec plus d'éclat que pour les enterrements habituels des pauvres, les portières du landau s'ouvrirent et livrèrent passage à un élégant lieutenant en grand uniforme, qui donna le bras aussitôt à une jeune fille tout en noir.

** **

Tous deux se dirigèrent vers la tombe encore entr'ouverte ; ils s'agenouillèrent longtemps devant la petite croix de bois surmontée d'un numéro que l'on plante sur le sommet des fosses pour les reconnaître et autour de laquelle on avait déposé les couronnes que portait le char funèbre.

La jeune fille dont le visage était voilé d'un crêpe, sanglotait.

A la fin, l'officier se releva, porta la main dans sa poitrine, en retira une lettre écrite sur du mauvais papier quadrillé, et, adressant la parole à Mlle de

Thérdonne pour la première fois depuis la scène douloureuse de l'avant-veille, il lui dit, d'une voix très douce :

— Ma chère Suzanne, voici les volontés du Mort ; j'ai trouvé ce testament sous l'oreiller où il a rendu le dernier soupir : voulez-vous le lire avec moi ?

Et il lui présenta la missive que le bon sergent avait écrite d'une main inhabile et tremblante :

« Mademoiselle,

« Si j'ai été dur avec vous, je vous prie bien de
« m'en excuser ; c'était par respect pour les devoirs
« de mon état dont auxquels il ne m'était pas permis
« de manquer. Vous vous en êtes vengée ; je com-
« prends ça car j'ai comme vous de l'amour-propre,
« aussi je ne vous en veux pas. Du reste, si je meurs,
« ce n'est pas de votre faute, vu que, plus jeune,
« j'aurais tout enduré sans broncher. Mais à mon
« âge, comprenez, on s'affecte de tout.
« N'en parlons plus. J'aurais voulu vous voir
« avant de mourir, car je vous aimais quand même ;
« je vous aurais dit çà, et puis que je n'ai pas de
« rancune contre vous, car vous avez bon cœur et
« j'ai comme une idée que les taquineries que vous
« avez faites au père Marignan, vous ne vous en
« vantez plus ! Oh ! si vous étiez venue ! Mais vous
« ne saviez pas où je demeure ; sans cela, j'en suis
« sûr Mademoiselle, vous seriez venue me voir
« avant ma mort !
« Je pleure. — Vous m'aurez arraché mes dernières

« larmes ! — Tenez, je joins à cette lettre un souve-
« nir, toute ma richesse ! C'est l'alliance que j'ai
« donnée à ma femme. Prenez-là ! je n'ai plus de
« famille, mes anciens camarades n'y sont plus...
« Puisque je n'ai pas sur terre de plus proche con-
« naissance que vous — dont je suis si loin, hélas ! —
« je crois que ma pauvre épouse, elle ne me blâmera
« pas de vous remettre son anneau.
     « Mademoiselle, adieu ! Je vous bénis, soyez heu-
« reuse !

JEAN-JACQUES LOUIS MARIGNAN

Ex-sergent au 94ᵉ de ligne,
Trente ans de service,
Médaillé pour avoir toujours essayé
de bien faire.

Cette lecture fut achevée dans un torrent de
larmes.

— Suzanne, ajouta Jacques quand la jeune fille
eut terminé de déchiffrer cette lettre péniblement
épelée au milieu de sanglots, vous avez cru devoir
me rendre l'alliance que j'avais passée à votre doigt.
A sa place acceptez celle-ci je vous en prie ; elle est
digne de vous, puisque c'est le vieux soldat lui-même
qui vous la donne avec sa bénédiction....

Mademoiselle de Therdonne se jeta dans ses
bras :

— Oh ! Jacques ! vous voulez donc quand même
que je sois votre femme ? Je n'ai donc pas perdu,
malgré ma faute, tout votre amour ?

Le jeune officier jeta un regard sur toutes les tom-
bes qui couvraient ce lieu de désolation et de larmes.

L'aspect de la mort qui l'environnait de toute part lui glaça le cœur ; il n'osa pas prononcer un serment éternel d'amour dans cet endroit témoin de la vanité de tous les liens terrestres ; il n'osa pas parler d'union inaltérable et faire des rêves de bonheur dans ce royaume de la séparation et de la douleur.

Seulement, il serra étroitement sur son sein, en signe d'acquiescement la chère femme qui lui était promise.

Puis, avec mélancolie, il reporta ses regards par delà le royaume des morts, sur l'horizon des vivants où se jouent tant d'ignobles comédies, où se commettent tant de transactions, tant de lâches compromissions ! Sur la cité frémissante et noire qu'il apercevait à ses pieds et dont les mille voix, les rumeurs confuses, apportaient jusqu'à lui des bruits de cloches, de machines à vapeur, de sirènes, de marteaux frappant l'enclume, tous les bourdonnements enfin de travail quotidien produit avec peine par tant de malheureux ouvriers pour la satisfaction des caprices de tant de riches inoccupés !

Tous les mensonges de la vie, toutes ses injustices, toutes les inégalités sociales lui apparurent alors, au milieu de cette fournaise en ébullition qu'il contemplait avec un vague effroi.

Il sentit le besoin de maudire une société basée uniquement sur l'argent, sur l'intérêt matériel, sur les affaires, sur les trafics, sur l'agio, sur le besoin irrésistible de tout sacrifier au gain, aux jouissances que donnent les trésors !

Peu à peu, son regard se fatigua ; ces visions, ces

bruits qui se confondaient lui donnèrent le vertige ;
il ne vit plus qu'un tourbillon noir qui lui parut
être la danse de l'Humanité tout entière autour du
Veau d'Or.

Alors, il éloigna ses yeux avec dégoût de ce spectacle atroce, et il fixa, pour se réconforter, la tombe
entr'ouverte du vieux gardien.

Celui-ci lui apparut gigantesque et sublime, grand
de toute la misère du monde. Il éleva à la hauteur
d'un héros ce pauvre soldat, ce modeste fonctionnaire qui avait compris que la vie n'est pas seulement
un jeu d'intérêts et de calculs, mais aussi une
épreuve d'honneur, et que la Ruse n'est pas la seule
arme dont on puisse se servir pour vaincre les dif-
ficultés, car il y a par dessus tout la conviction ferme
et la fidélité au Devoir !

Oh ! cette tombe placée en regard de la cité tourbil-
lonnante et folle ! En elle, il admira la lutte titanesque
de l'honneur contre la légion des transacteurs, des
dégénérés, des hypocrites, des lâches et des ambi-
tieux, et cette lutte, il se sentit de taille à la continuer !

— Chère, chère fiancée, dit-il à la jeune fille qui
suivait avec inquiétude les regards du soldat dans
lesquels se reflétait la course vagabonde de ses
graves pensées, quelle est la divise des Therdonne ?

— « Inaccessible ! »

— Elle est belle et fière comme vous ! Celle de notre alliance sera donc : Point ne transiges !

Et ils redescendirent dans le monde des vivants.

DEUXIÈME PARTIE

Cet épisode douloureux devait marquer dans la vie de la jeune fille. Plus tard, devenue femme, une terrible épreuve lui fut réservée, au cours de laquelle soudain elle vit se dresser devant ses yeux, au moment de succomber à la plus irrésistible des tentations, l'image austère et réconfortante du doux et bon gardien du square.

Ainsi cet être de droiture et de soumission semblait destiné à la poursuivre toute sa vie de son souvenir éloquent et triste, afin de lui montrer aux heures d'immolation le chemin du devoir qu'il est parfois si déchirant de poursuivre, à contre-cœur, pour obéir aux exigences de la conscience !

Cette considération a engagé l'auteur de ce récit à dévoiler le pénible événement qui devait être, dans la vie de Mlle Suzanne de Therdonne la contre-partie et en quelque sorte le châtiment de la faute irréparable que son orgueil lui avait fait commettre.

Ce nouvel épisode sera donc la conclusion, ou pour mieux dire, la moralité de celui qui précède, puisqu'il va fournir, ainsi qu'on le verra, l'occasion pour la fiancée du bel officier, de se réhabiliter à ses propres yeux et devant la mémoire du pauvre père

Marignan, le plus incorruptible et le plus modeste
des fonctionnaires de la République, en souffrant,
comme il avait souffert, la plus affreuse torture morale qui puisse être imposée à une jeune femme.

*
* *

Suzanne est mariée depuis un an. C'est maintenant
une délicieuse personne, fraîche et souriante. Son
visage gracieux et fin a ce reflet que donne à la
jeune fille devenue femme l'accomplissement normal
de sa destinée orientée vers le bonheur.

Mme de Valencé est en effet la plus heureuse des
femmes. Son mari est le plus parfait, le plus correct,
et en même temps, le plus irrésistible des époux. Il
est bon, tendre et généreux. Il est plein de feu, de
noblesse, de courage et d'élégance.

Elle a connu, grâce à lui, toutes les douceurs,
tous les frémissements et toutes les énivrantes joies
de l'amour.

Il aurait fallu d'ailleurs avoir l'âme bien noire
pour ne pas se laisser prendre aux charmes de cette
divine créature capable de donner à l'élu de son
cœur toutes les tendresses de l'épouse et toutes les
fureurs de 'amante.

Elle est si jolie, Suzanne ! Sa chair blanche et
veloutée comme le lait a la transparence rosée et
nacrée de l'aurore ; sa gorge suave et agitée de frissons qui appellent irrésistiblement les baisers les plus
fous et les plus passionnés. Une grâce parfaite se
dégage de toute sa personne ; ses moindres mouvements ont l'abandon harmonieux des jeunes fleurs

que balance le zéphir, et jamais chevelure d'un noir
plus étrange et plus mystérieux n'a ombragé un front
d'une blancheur et d'une pureté comparables au
sien.

Les longs yeux sont humides et brouillés comme
le calice de ces fleurs énigmatiques que la rosée a
enveloppées de sa buée délicate, et ses lèvres rouges
comme le fruit du tamaris, et d'un dessin incomparable, sont agitées, à la moindre impression, d'un
frémissement qui grise le regard et promet à l'aimé
les joies les plus intenses et les plus infinies.

*
* *

N'est-ce pas que c'est gentil une petite garnison ?
Dès le petit jour, la diane vous réveille de sa voix
claironnante et sonore que répètent avec allégresse
les échos alentours.

Les rues sont sillonnées d'officiers élégants ; tous
ces uniformes bleus et rouges jettent leur note gaie
au milieu des passants.

C'est à chaque instant des promenades militaires,
des marches au pas, des exercices sur le mail, des
chevauchées étonnantes de cavaliers souples et fou-
gueux sous les avenues et le long des boulevards
qu'ils parcourent à franc étrier ; des cliquetis d'armes, des musiques et des fanfares qui sonnent
bruyamment, et le soir, une fois par semaine, la
retraite martiale et poétique, à la lueur des flam-
beaux, la retraite entraînante qui fait passer dans
tous les cœurs un petit frisson patriotique tandis que

les dernières clartés du crépuscule aux reflets d'incendie, évoquent, à l'occident, des souvenirs de bataille et des rêves tragiques — des rêves demiteinte, enveloppés de mélancolie.

*
* *

M. de Valencé, malgré sa jeunesse, a été tout de suite nommé lieutenant, en arrivant à la garnison de L...., petite ville délicieuse située sur la frontière de l'Est.

Peu de temps après, en dépit de son peu d'ancienneté au corps, et de la nouveauté de ses galons, le général Darcier remarqua cette brillante intelligence et résolut d'en faire son ordonnance, peut être à cause des hautes capacités qu'il devinait en lui, peut-être aussi par cette sorte de fascination qu'exerçait autour de lui ce jeune officier blond, élancé, superbe, dont la beauté fière attirait les regards des plus jolies militaresses.

— Que faut-il faire, ma chérie ? avait dit M. de Valencé à Suzanne en lui apprenant la nouvelle de sa nomination à un emploi que tout le monde enviait.

— Il faut se résigner à obéir ! s'était écrié la jeune femme d'une voix fraîche et rieuse.

— Mais je vais me créer des inimitiés, des jalousies capables de me nuire plus tard et d'entraver ma carrière.

A quoi Mme de Valencé, avec une moue adorable, avait repliqué doucement en baissant ses longs cils veloutés semblables aux rayons d'un astre, qui seraient noirs :

— C'est la consigne, mon petit Jacques ; puisque le général le veut, tu ne peux pas faire autrement.

— Tiens ! Tiens ! seriez-vous ambitieuse, par hasard, ma belle amie ?

— Je le suis pour toi, mon amour !

Et, lui passant aussitôt son bras nu autour du cou, elle avait ajouté, tout bas, très tendrement, tandis qu'un nuage de douloureuse mélancolie s'était étendu sur son visage :

— Le Père Marignan, tu sais bien, ne connaissait que la consigne !

A ce souvenir, évoqué d'une façon si imprévue, Jacques aussi s'était ému ; bien longuement alors, il avait pressé sur son cœur le corps délicieux de l'aimée, et leurs lèvres s'étaient unies en un baiser brûlant tandis que le long de leurs joues collées l'une contre l'autre les larmes que coulaient silencieusement de leurs yeux, elles aussi, se confondaient.

*
* *

M. Edouard Lockroy, qui fut ministre de la marine sous la troisieme République, écrivait récemment :

« Malgré elle, l'armée a été envahie, on pourrait
« dire contaminée par les mœurs de la société civile.
« Elle a perdu tous les jours un peu de sa cohésion
« et de l'esprit d'abnégation et de sacrifice qui fai-
« saient sa force et sa grandeur. A vivre dans les
« garnisons, les caractères se sont amollis, les préoc-
« cupations militaires ont diminué ; les ressorts se

« sont détendus ; la perspective d'une guerre pro-
« chaine n'a plus hanté les intelligences. On a de
« plus en plus attaché d'importance aux apparences ;
« de plus en plus, on s'est détaché des réalités.
« La plupart des jeunes bourgeois n'entrent pas
« au régiment... par vocation militaire. Ils y en-
« trent seulement pour avoir une situation dans le
« monde et pour porter un joli uniforme.... Dans
« leur court passage à la caserne, une seule pensée
« les préoccupe : fourbir les armes, faire reluire les
« boutons des tuniques, graisser les souliers, rectifier
« la position des hommes en vue de l'inspection.
« Quant à leurs devoirs en temps de guerre, c'est
« bien rarement qu'ils y pensent. »

Ces lignes furent écrites à propos d'un livre remar-
quable sur les mœurs militaires allemandes : *Iéna
ou Sedan*. Elles peignent mieux que nous ne saurions
le faire, l'état actuel de notre armée et les mœurs de
nos garnisons.

Elles feront donc comprendre au lecteur que la garnison de L.... était dévorée par des jalousies de toute
sorte, des ambitions égoïstes et de mesquines et
dangereuses rivalités.

L'auteur de cette histoire fait d'ailleurs remarquer
ici qu'il n'a nullement eu l'intention d'écrire à ce
sujet une œuvre de parti, contraire à sa pensée. Le
lecteur voudra donc bien ne généraliser en aucune
façon l'exemple particulier qu'il a cru devoir mettre
sous ses yeux uniquement pour le développement du
problème moral qui fait l'objet de cet épisode.

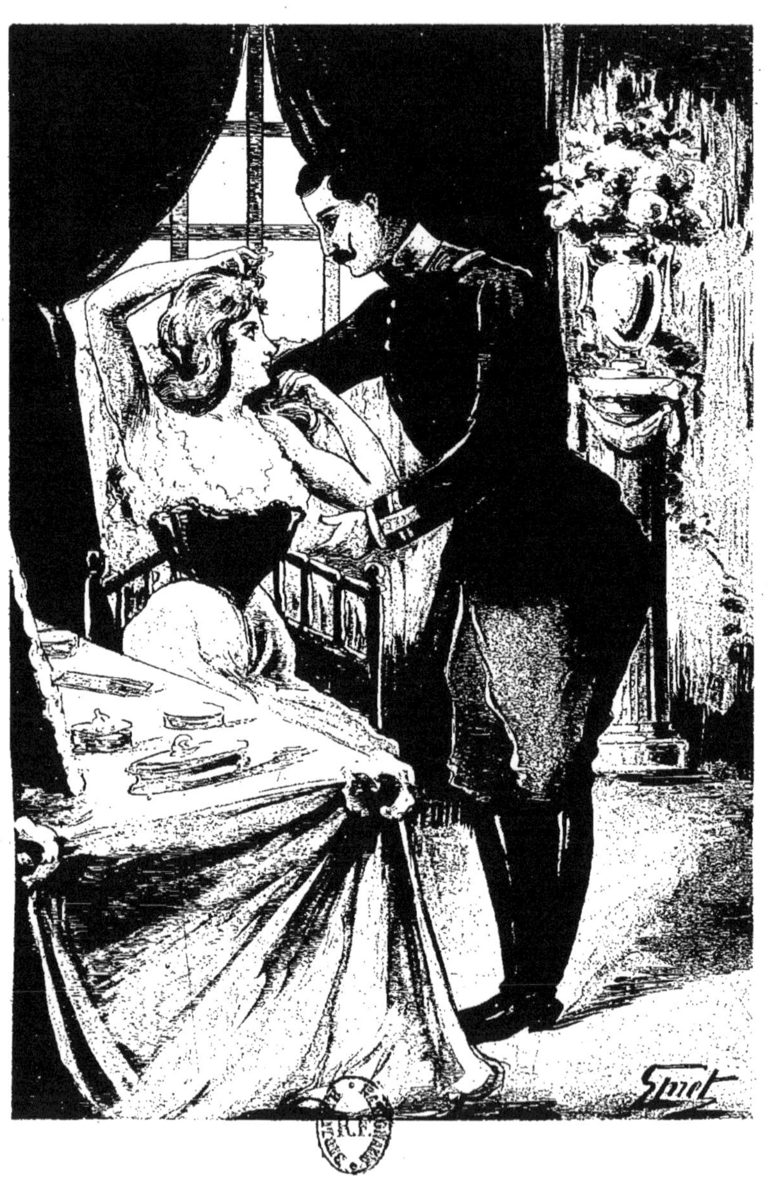

Donc, la nomination de M. de Valencé au titre d'officier d'ordonnance du général Darcier fut accueillie avec humeur. On en parla pendant huit jours au casino des officiers, dans les couloirs de la caserne, et dans les cercles des sous-officiers. Ce fut comme une trainée de poudre ; toutes les convoitises s'allumèrent en même temps ; chacun cria au passe-droit ; finalement, tout s'apaisa. Un seul officier n'avait pas cru devoir manifester son opinion, c'était le capitaine Chopin, à la compagnie duquel appartenait le lieutenant de Valencé.

Le capitaine Chopin avait tout ce qu'il fallait pour remplir l'emploi auquel venait d'être élevé son subordonné. C'était même une position qu'il enviait secrètement.

La nomination de Jacques lui fit donc l'effet d'une gifle appliquée brusquement sur la joue.

Il ne s'en plaignit pas ; son nom ne fut même pas prononcé dans tous les conciliabules d'officiers que l'élévation de M. de Valencé avait mis en émoi.

Seulement, tandis que ceux-ci, le premier mouvement d'humeur passé, s'engageaient tacitement à tout oublier et s'efforçaient de ne montrer aucune hostilité envers leur charmant camarade, le capitaine Chopin conservait au fond de son cœur une haine sourde, jalouse et d'autant plus venimeuse qu'elle était plus concentrée, contre son jeune et brillant subordonné.

* * *

Comme M. de Valencé, Chopin était élégant et

beau ; seulement la beauté du séduisant lieutenant était faite de sympathie et de grâce ; celle du capitaine semblait hautaine, dédaigneuse et froide.

Comme Jacques encore, il avait pour épouse une des plus jolies femmes de la garnison. Mais si le charme de cette belle personne attirait irrésistiblement les sens, à l'encontre de Suzanne, elle ne gagnait pas les cœurs.

Son regard avait quelque chose de pervers et d'acéré qui glaçait l'âme, et ses lèvres — d'ailleurs parfaites — étaient fines et aiguisées comme les deux lames d'un poignard italien.

C'était au surplus une femme divinement modelée ; on l'appelait la belle Sorrentine.

Laura Chopin en effet était née sur les bords enchanteurs

> ..... Où la mer de Sorrente
> Déroule ses flots bleus aux pieds de l'oranger...

Elle jouait de la mandoline avec un art infini, chantait mieux encore et quelquefois, en hiver, dans les bals qu'elle donnait lorsque venait son tour de recevoir les officiers de la garnison, cette jeune femme revêtait les costumes de son radieux pays, la veste de soie et les jupes galonnées, coiffait le joli petit fez, se mettait dans les cheveux une fleur de grenade, se chargeait les bras de bracelets, et le front et la poitrine de colliers de sequins et dansait avec un entrain endiablé et une souplesse de gitane, la *tarentelle* en faisant voltiger entre ses doigts l'éventail et le tambourin.

Or, depuis l'arrivée de M. de Valence, la provocante Laura avait conçu contre la mignonne épouse
du beau lieutenant une féroce jalousie qui s'augmen-
tait encore de la passion violente qu'elle avait senti
sourdre en elle dès le premier instant à l'aspect du
mari de Suzanne — et elle avait conçu le plan de
conquérir l'amour de Jacques — ou de se venger de
son dédain en empoisonnant pour jamais le bonheur
de son foyer.

* *

Un brave homme, c'était le général Darcier. Oh !
lui n'avait rien de poétique ; c'était au physique un
monument de graisse, au ventre énorme, aux épaules
colossales ; il avait une façon de trainer son épée à
ses flancs qui rappelait les soudards d'autrefois. Son
rire était formidable et dominait toutes les voix. Il
aimait le bon vin, la bonne chère, racontait des histoires à dormir debout, se vantait comme un gascon
et pestait à tout propos comme un homme du midi.

Au demeurant, Darcier était un bon enfant, très
populaire au milieu de ses soldats, très aimé de ses
officiers et choyé des petites militaresses qui s'amusaient follement des rodomontades, des éclats de
voix et des récits fantastiques de ce gros homme dont
les manières, pour être originales et familières, n'en
restaient pas moins parfaitement correctes toujours.

Le général était d'ailleurs un tacticien de première
force ; il se tenait en outre très au courant de toutes
les inventions militaires et les étudiait avec une conscience et une passion véritables.

Voire, il avait inventé un pistolet de guerre qui pouvait être d'une grande utilité dans l'armée, et qui possédait une balle merveilleuse d'une puissance destructive et d'une précision remarquables. Cela remplaçait le fusil ; cela tuait des rangées d'hommes à d'énormes distances ! Et voyez cet avantage ! Plus besoin pour le petit soldat, déjà chargé de son sac pesant, de trainer avec lui le lourd « flingot » qui lui brise l'épaule et lui engourdit le bras : un simple pistolet, fiché à la ceinture, était destiné à produire le même résultat !

C'était du moins l'opinion du général Darcier.

* *
*

On était en plein mois de juin. La chaleur devenait suffocante. Le soleil, toute la journée, avait accablé la terre. La nuit, aussi, s'annonçait ardente et lourde. Pas une étoile au ciel ; mais de temps à autre, quelques éclairs de chaleur.

Des promeneurs passaient sous l'avenue aux ombrages épais, qui avoisinait le square de la ville. C'étaient des couples tendrement enlacés, causant à voix basse, alanguis par cette nuit brillante où se trainait de temps à autre une brise moite chargée de senteurs fortes, et qui frôlait délicieusement la chair comme les lèvres tièdes d'une amante.

L'appartement occupé par M. de Valencé donnait sur cette avenue.

Comme ce dernier avait été retenu auprès du général pendant toute la soirée pour relever ses plans et recopier son grand projet, Suzanne n'avait pu aller prendre l'air sur le mail.

Mais elle avait ouvert toutes grandes les larges fenêtres de sa chambre, et, simplement vêtue d'une élégante robe de chambre de flanelle rose qui lui laissait les bras nus et la gorge à découvert, elle s'était accoudée contre le balcon de fer de la croisée et respirait paisiblement la fraîcheur presque insensible de la nuit, en attendant l'aimé qui tardait bien à revenir.

Il faisait tellement sombre qu'il lui était aussi impossible de distinguer les promeneurs glissant comme des ombres sous les arbres plantés en rang devant ses fenêtres, qu'il était impossible à ces promeneurs d'apercevoir son fin profil semblable à une jolie fleur blanche toute enveloppée de nuit.

Par contre, des lambeaux de phrases, des mots, des chuchotements parvenaient à ses oreilles de temps à autre. Les sens acquièrent, en effet, dans le silence, une extraordinaire acuité.

C'est ainsi que vers onze heures, tandis qu'engourdie par la tiède haleine de cette soirée suffocante, la jeune femme s'était insensiblement assoupie, elle tressaillit soudain au bruit d'un baiser dont le susurrement prolongé lui parut venir de tout près tant elle l'entendit distinctement.

Aussitôt deux voix se fondirent en une seule pour murmurer ensemble avec une langueur passionnée :

— Je t'aime !

Suzanne fut alors saisie d'un frisson convulsif ; il lui sembla que ces voix lui étaient connues.

Au même instant, une chauve-souris passa devant sa fenêtre, et elle sentit tout contre sa joue, le frôlement des ailes duveteuses du nocturne oiseau.

Saisie de répulsion, elle referma instinctivement la croisée, et recula précipitamment jusqu'au milieu de la chambre, en portant la main à son cœur comme si elle eut voulu le préserver de quelque mauvais présage.

Or, deux minutes après, Jacques, de retour de chez le général, pénétra paisiblement dans l'appartement. Sitôt qu'elle le vit, un horrible soupçon envahit son esprit :

— Ce baiser, à l'instant, sous mes fenêtres ! Si c'était lui ! quelle étrange coïncidence, en effet ! Jacques avait très bien pu revenir en compagnie d'une femme jusque devant sa porte, et avant de remonter chez lui, l'embrasser en signe d'adieu.

La chambre était obscure ; le jeune officier ne vit donc pas le trouble de Suzanne, seulement lorsqu'il l'appela, elle ne lui répondit pas tout d'abord. A tâtons, il se dirigea vers elle, et lorsqu'il voulut la prendre dans ses bras, il s'aperçut qu'elle était toute baignée de larmes.

— Oh ! Tu as pleuré, Suzanne ?

Elle lui noua ses beaux bras autour du cou, laissa tomber sa tête brune sur sa poitrine et sanglota longtemps, longtemps sans pouvoir dire un mot, sans oser dévoiler le motif de ces larmes qui maintenant lui apparaissaient inavouables et stupides.

Lui, se désolait, ne parvenant pas à s'expliquer cette crise douloureuse.

— Jacques, murmura-t-elle enfin d'une voix entrecoupée de suffocations dis-moi... il n'y avait personne
sous l'avenue quand tu es rentré ?...

— Personne !...

— Tu t'en souviens encore du.. gardien du square,
tu sais, celui qui faisait toujours son devoir ?... Tu
t'en souviens n'est-ce pas, dis moi bien que tu t'en
souviens...

— Plus que jamais, chère mignonne, mais... pourquoi ces larmes et cette question ?

Cette réponse spontanée parut calmer la jeune
femme, mais elle s'obstina dans son mutisme singulier.

— Oh ! rien, rien... Je suis folle ! pardon !... Je
m'étais endormie... J'ai eu le cauchemar !..

Elle s'efforça de sourire puis ajouta avec une
étrange inflexion de voix :

— Je t'aime.

Je t'aime ! c'était le mot entendu tout à l'heure.

Depuis cette nuit-là, Suzanne devint plus enigmatique et moins gaie. Le soupçon était entré dans son
cœur. Laura y était-elle pour quelque chose ?

* *

Le 14 juillet, la jeune femme, souffrante, n'avait pu
assister à la revue. Laura l'avait su ; elle était aussitôt accourue chez son « amie » pour lui tenir compagnie.

Par un mouvement d'instinctive pudeur, Mme de
Valencé n'avait pas voulu la recevoir dans sa chambre. Elle avait un culte pour ce sanctuaire de l'amour,

tout imprégné de tendresse et de rêve, et où flottaient des senteurs enivrantes, et c'est pourquoi elle le tenait caché à tous les yeux comme un temple doit être fermé aux profanes.

Elles s'étaient donc installées aux fenêtres du salon qui donnaient également sur l'avenue, et là, toutes deux, nonchalamment accoudées sur la balustrade, s'amusaient à regarder le va-et-vient de la foule joyeuse en attendant le défilé des troupes.

Celles-ci firent bientôt leur apparition à l'extrémité du boulevard. Ce furent alors des cris, des applaudissements et des vivats :

— Les voilà ! les voilà !

On entendit alors des commandements prolongés : les musiques et fanfares se mirent à sonner bruyamment. Puis un rideau de cavaliers masqua le front du régiment, et s'avança au grand galop, sabre au clair.

Suzanne et Laura battirent joyeusement des mains tant était grandiose et martiale cette escorte d'officiers dont les superbes coursiers se cabraient sous la piqûre des éperons.

Le général, hissé sur un paisible cheval, marchait en tête des troupes derrière le rideau de cavaliers et la musique. Il avait l'air d'un bon gros curé de campagne allant desservir une commune voisine de son presbytère. M. de Valencé se tenait à ses côtés sur un merveilleux et fringant cheval noir.

Les deux jeunes femmes regardaient avec passion ce bel officier qui paraissait cent fois plus imposant que le brave Darcier, lequel suait à grosses gouttes et s'épongeait le front à tout moment.

Tout à coup, celui-ci se pencha vers son ordonnance et lui chuchota quelques mots à l'oreille. M. de Valencé salua militairement, et, en un clin d'œil, lança son cheval au galop pour aller porter des ordres aux divers commandants et chefs de troupes.

Quand il vit Suzanne qui se penchait par la fenêtre, et, toute palpitante, agitait son fin mouchoir de batiste, Jacques porta vivement sa main à ses lèvres et envoya gracieusement un baiser à sa jeune épouse.

Celle-ci, rougissante de bonheur, s'apprêtait à répondre au galant lieutenant lorsqu'en se retournant subitement, elle aperçut près d'elle Laura qui fixait également l'officier d'ordonnance et se tenait les doigts sur les lèvres comme pour répondre aussi au geste du jeune homme.

Suzanne aussitôt pâlit, prête à défaillir.

— Quoi ! Ce serait donc Laura, sa rivale ! Et ce baiser qu'elle croyait si bien envoyé à l'épouse, ce serait donc à l'amante qu'il était adressé ?

Elle éprouva dès lors un sentiment horrible, affreux, et si nouveau pour elle, la jalousie !

Pauvre petite ! sa vie désormais devint un martyre lent et caché, d'autant plus douloureux qu'elle s'efforçait davantage de dissimuler son angoisse, elle était jalouse, jalouse, jalouse !

Du reste, ces petits riens qui n'étaient pas des preuves mais qui suffisaient à aiguiser ses soupçons se renouvelaient sans-cesse et à tout propos. Partout où Suzanne se trouvait, son inquiétude se trouvait éveillée comme à plaisir ; partout l'image de Laura se dressait entre elle et Jacques, et semblait être de

complicité avec ce dernier pour empoisonner les joies
de l'épouse, arrêter les élans de son cœur, refroidir
ses baisers et paralyser ses caresses les plus sponta-
nées.

* *

C'est amusant, les visites dans les petites villes,
mais si méchant !... que de réputations y sont déchi-
quetées, et cruellement salies ! Les papotages y ont
des sifflements de vipère, les sourires, les gestes, les
réticences et les feintes réserves y deviennent autant
d'accusations hypocrites et noires ; les bonnes paroles, les éloges, les excuses, les plaidoyers même autant de pièges sournois tendus par la perfidie à la
candeur et à la bonté.

Chez Laura surtout, la médisance bat son plein.
Elle reçoit le mardi de 4 à 7, le quatrième excepté.

Ce mardi-là le salon était rempli de visiteuses. La
conversation s'animait d'instant en instant. Les femmes, en toilettes fraîches et claires, avec des bouquets
de fleurs à la ceinture, faisaient assaut d'esprit, de
chic et... de cruauté.

A chaque nouvelle arrivante, Laura très empressée
se levait, avançait elle-même un siège bas et moel-
leux à la visiteuse, la mettait en deux mots au courant de la médisance qu'on était en train de débiter,
et les babillages reprenaient leur vol, avec plus d'effronterie et de verve mordante que jamais.

Suzanne, plus spirituelle et plus jolie que toutes
les autres, mais aussi meilleure et moins enjouée depuis qu'un gros chagrin avait envahi son cœur, se

tenait un peu à l'écart, presque silencieuse, entre la petite Jeanne Freneuse, la femme du jeune sous-lieutenant de la compagnie à laquelle était affecté M. de Valencé, et Mme de Parme, la femme du distingué commandant de leur bataillon.

Jeanne Freneuse n'avait peut-être pas beaucoup d'esprit mais une aisance, un toupet, un aplomb incroyables ! Elle savait tout, comprenait tout, s'amusait de tout et parlait à haute voix avec une volubilité et une liberté d'allure qui scandalisaient tout le monde.

Mme de Parme était poseuse, et prenait des airs de femme blasée, lasse, souffrante, un peu dédaigneuse, au sourire sec et fatigué. Du reste, il n'en sera pas autrement question dans ce récit.

Laura s'amusait avec une joie infernale, à les mettre toutes en guerre l'une contre l'autre ; elle savait trouver le mot qui allumait les petites rivalités et se divertissait énormément des ripostes qu'on se renvoyait scrupuleusement d'un bout a l'autre du salon ainsi que des volants pris entre des raquettes.

Comme on ne trouvait rien à dire contre Mme de Valencé qui, du reste, s'attachait, par des réparties délicieuses et charmantes à atténuer la portée des mots trop aigus que se lançaient mutuellement ces bonnes petites amies, Laura plus que jamais envieuse de sa rivale, résolut de lui enfoncer un poignard dans le cœur.

— Vous ne nous dites rien, chérie, de votre aimable époux...

— Je vous remercie Laura ; M. de Valencé ne se plaint pas.

— Il aurait tort ; la faveur lui est venue si providentiellement en aide... !

Première pointe. La parade s'agrémenta d'une verte riposte :

— N'est-ce pas ? La vie est si bizarre ! Tout semble en effet réussir à Jacques jusqu'alors... tandis que votre distingué mari, le capitaine Chopin, pourtant aussi capable que lui, paraît *moins* favorisé.

Feinte :

— Voulez-vous parler de l'emploi d'officier d'ordonnance près de notre gros ami le général ? Merci ! mon mari est au contraire *enchanté* d'avoir évité cette corvée. Le général n'est pas marié ; il ne comprend rien à la vie de famille ; il faut à chaque instant venir travailler le soir avec lui ; c'est insupportable...

— Jacques s'en accommode...

Coup droit :

— Oui, c'est vrai ; d'ailleurs M. de Valencé est poétique ; *les promenades de nuit ont, paraît-il, beaucoup de charme pour lui...*

La botte était hardie ; Suzanne la reçut en plein cœur.

« L'abominable créature ! pensa la pauvre jeune femme. Non contente de me prendre l'amour de mon mari, elle pousse encore l'impudence jusqu'à me braver en face ! »

Car il n'y avait pas à s'y méprendre ; c'était bien à la nuit douloureuse du baiser sous les fenêtres de Suzanne que Laura avait dû faire allusion, c'était cela

le *charme des promenades nocturnes* ! Mme de Valencé
ne s'imagina pas un seul instant que cette parole in-
sinuante et perfide pouvait n'avoir aucune significa-
tion précise, comme ces phrases méchantes qui ne se
rapportent à rien mais que l'on aime à lancer à la face
de son adversaire pour le troubler lorsqu'on est en
querelle avec lui.

Suzanne devint donc rouge comme une cerise ; sa
voix s'étrangla dans sa gorge. Elle eut pourtant la
force de répliquer, avec trop de témérité peut-être :

— Oh ! Madame, tout a une compensation : si les
promenades de nuit ont du charme pour mon mari,
en son absence je passe de délicieuses nuits à ma
fenêtre ; *j'y entends même des duos d'amour*, c'est
très amusant.

Tous les yeux se portèrent, interrogateurs, sur
Laura qui parut ne pas comprendre l'allusion, car
son visage refléta un étonnement réel.

Par contre les joues de la sémillante petite
Mme Freneuse prirent la couleur du coquelicot.

Personne, du reste, n'y fit attention.

Peu après, Mme de Valencé sortit en même temps
que cette dernière. Or, dans le vestibule, avant de
se séparer, Jeanne dit tout bas à Suzanne en lui prenant sa main toute brûlante de fièvre :

— Savez-vous que vous êtes très méchante quand
vous voulez ?

Ce fut autour de Suzanne à ne pas comprendre.

Décidément tout cela devenait énigmatique. Pourquoi Laura aurait-elle dit avec un sourire ironique
que Jacques aimait les promenades de nuit si ce n'est

pour sous-entendre par là qu'il trompait sa femme !

Mais alors pourquoi l'allusion de Suzanne à la scène du baiser n'avait-elle pas été saisie de Laura ?

Pourquoi Jeanne, au contraire, avait-elle paru la deviner ?

— Sotte que je suis, se dit enfin Suzanne ; cette Laura est rouée. C'eut été avouer ses relations avec mon mari que de paraître me comprendre ; son étonnement est une habileté de plus, mais j'en aurai le fin mot.

*
* *

Jacques devenait de plus en plus soucieux. Son épouse bien-aimée lui paraissait subir une crise d'âme qu'il ne pouvait pas s'expliquer. Il avait beau redoubler de tendresse et d'égards, il était des jours où ses prévenances semblaient faire horreur à Suzanne. Celle-ci, du reste, était beaucoup moins expansive ; il la surprenait en d'interminables rêveries. Chez elle désormais la maîtresse dominait l'épouse, et cette maîtresse se faisait exigeante et capricieuse.

Parfois même lorsqu'il l'étreignait sur son cœur, elle se débattait avec une sorte d'angoisse et puis dans un accès de désespoir laissait rouler sa jolie tête brune sur la poitrine de Jacques, en éclatant en sanglots.

Du reste, si le général était toujours plein de bontés pour lui, le jeune lieutenant devinait au contraire une animosité sourde et croissante chez le capitaine Chopin ; celui-ci l'accablait de service, s'arrangeait toujours de façon à ce que ses ordres soient en oppo-

sition avec les obligeances que le brave Darcier demandait à son ordonnance, afin de brouiller M. de Valence avec son supérieur.

Jacques, grâce à son tact parfait, et à sa patience
à toute épreuve, n'en demeurait pas moins en toute
occasion d'une correction exemplaire Il dévorait en
secret ses ennuis, sans se plaindre jamais, à Suzanne
moins qu'à tout autre !... il n'aurait pas voulu, pour
tout au monde, ajouter ce sujet de tracas aux souf-
frances muettes de la jeune femme.

Mais il n'était pas heureux.

Et puis, pourquoi, tandis que le capitaine lui faisait grise mine, Laura au contraire s'acharnait-elle
après lui, de façon à le compromettre par ses œillades, ses allusions, son attitude provocante et ses
manières équivoques ?

L'aimerait-elle ? Oh ! cette idée !... La haine de
Chopin contre lui viendrait-elle de ce qu'il se croit
trompé par sa femme au profit de M. de Valence ?

*
* *

Avant de partir pour les manœuvres, les officiers
avaient organisé un grand bal. Le général avait
spontanément offert ses salons à cette fin.

Un bal en plein mois de juillet ! Tout le monde
s'en gaussa, mais le soir convenu, tout le monde y
fut.

Les femmes avaient des toilettes délicieuses ;
comme il faisait chaud, chaud, presque toutes étaient
décolletées.

Malgré son chagrin, ce soir-là, Suzanne était ravissante. La fièvre qui l'animait ne la rendait que plus désirable et plus humainement jolie. D'ailleurs, elle mettait d'autant plus de science à paraître éblouissante et belle qu'elle se sentait plus jalouse et plus jalousée, car elle voulait confondre et dépasser en charmes celle qu'elle s'imaginait à tort ou à raison être sa rivale.

Elle y réussissait du reste complètement. Sa peau blanche et nacrée avait la caresse veloutée des fleurs ; ses cheveux noirs tordus artistement sur la tête laissaient à découvert la nuque aux blancheurs de neige ; un artiste se fut ému devant le globe parfait de sa poitrine laiteuse et le modelé ravissant de ses admirables épaules d'où s'élançait avec une grâce exquise le cou, d'une irréprochable pureté.

Des diamants et des bijoux scintillaient à ses oreilles, à ses bras, dans ses cheveux et autour du col.

Sa robe, une mousseline vaporeuse, enveloppée de gaze et de dentelle, était d'une incomparable richesse.

Un murmure d'admiration parcourut toute la salle lorsqu'elle fit son entrée au bras de l'élégant officier d'ordonnance.

Laura, pâle de haine jalouse, eut voulu sauter sur elle, déchirer de ses ongles cette poitrine immaculée, ces bras impeccables, ce visage spirituel et doux, à la fois virginal et passionné, illuminé d'une idéale beauté.

Elle courut aussitôt vers son mari, l'attira fébrilement dans un angle du salon sous une portière de damas, et, d'une voix saccadée, décomposée par la

colère, elle dit d'un ton qui n'admettait pas la réplique :

— Tu sais, Georges, c'est pour ce soir ! J'y tiens !

**

Pendant tout le bal, Laura s'efforça de rôder autour
de Jacques, de l'accaparer, de le compromettre, de
pousser enfin à son paroxisme l'inquiétude de Suzanne.

Celle-ci n'y tenait plus ; à un moment Laura, aux
bras du beau lieutenant passa devant elle dans le
tourbillon d'une valse folle. Elle fit exprès de chan-
tonner presque à haute voix un refrain d'opéra :

> Comme ton cœur le mien aussi respire
> Ces fiers transports aux mortels inconnus...

Suzanne alors lança à son mari des regards tellement suppliants et où se lisait une telle angoisse que
Jacques s'arrêta net.

Repoussant doucement Laura, il s'avança vers sa
femme, lui prit la main et dit :

— Si nous rentrions, mon amie ; vous êtes toute
pâle...

La jeune femme en effet grelottait de fièvre et
luttait en vain contre des frissons convulsifs ; elle
accepta.

Jacques s'excusa galamment auprès de Mme Chopin, et se disposait à sortir lorsque dans le vestibule il
croisa le capitaine qui semblait venir du cabinet où

l'ordonnance du général avait coutume de travailler à côté du bureau de son chef.

Le lieutenant fut désagréablemeut impressionné par cette apparition. Il se rappelait en effet que Chopin n'avait presque pas été dans la salle de bal depuis le commencement de la soirée. Aurait-il été dans son cabinet de travail ? Mais il se rassura tout de suite.

— Le cabinet est bien fermé, et j'ai les clefs chez moi...

— Où allez-vous ? lui dit à brûle-pourpoint le capitaine.

— Capitaine, veuillez m'excuser auprès du général ; Suzanne est sérieusement indisposée ; je rentre avec elle...

Au même instant Laura apparut à son tour, et voulant terrasser tout à fait sa rivale, résolut de la séparer de son mari :

— Il manque deux messieurs pour le quadrille. M. de Valencé, le général m'envoie vers vous ; voulez-vous être mon cavalier ?

Jacques devint perplexe ; il hésitait entre la galanterie et le devoir conjugal, et aussi le désir de ne pas déplaire au général.

Suzanne, pressentant une catastrophe, lui serrait désespérément le bras :

— Madame, veuillez m'excuser ; mon devoir...

Le capitaine ne lui laissa pas le temps d'achever :

— Songez, M. de Valencé, que je considérerai tout refus envers Mme Chopin comme une offense à mon égard...

Cette exigence révolta le jeune officier. Il dit avec colère :

— Mon capitaine !...

Puis il s'arrêta net. Il eut, en éclair, la vision des maux qui l'attendaient s'il ne satisfaisait par Laura ; c'était peut-être un duel avec le capitaine, le mécontentement du général, sa carrière entravée, brisée peut-être, le retrait d'emploi pour cause d'indiscipline, car il ne se faisait aucun doute sur l'abus de *pouvoir* dont il allait être la victime ; le capitaine allait certainement se servir de l'ascendant que lui donnait son grade pour exiger cette chose infâme, qu'il reste à un bal devenu odieux pour lui, au lieu de porter secours à sa pauvre épouse chancelante et brisée de fatigue.

Il regarda Suzanne ; elle était affreusement pâle ; ses dents claquaient ; ses yeux l'imploraient de ne pas céder à Laura.

Jacques n'hésita plus. « Point ne transiges ! avait-il dit sur la tombe du père Marignan. Ce sera la devise de notre union ! »

Cette phrase lui revint subitement sur les lèvres. Alors, il s'inclina vers le capitaine et Mme Chopin et il s'apprêtait à prononcer le mot qui devait libérer sa conscience mais aussi briser son avenir lorsque... par un hasard providentiel la bonne grosse face rubiconde du général Darcier apparut dans l'embrasure de la porte.

> L'amour vient en aide
> Aux cœurs malheureux,
> Et toujours il plaide
> Pour les amoureux,

dit une vieille chanson. La vieille chanson, cette fois-ci encore eut raison.

— Ah ! ça, Chopin, s'écria de sa voix éraillée, le brave général qui avait entendu les derniers mots de la querelle, est-ce que tu as mission de débaucher les maris ?

Et il éclata d'un rire formidable en se tenant à deux mains son énorme ventre.

— Halte-là ! Tu ne te gênes plus, mon ami ! Voilà que tu fais des misères à mon ordonnance, maintenant ! C'est comme si c'était à mon fils !

Puis, se tournant vers Suzanne :

— Mme de Valencé, emmenez-le bien vite, votre mari, car c'est un diable que ce capitaine Chopin, c'est un diable !

Et il répéta, secoué par un gros rire vraiment comique :

— C'est un diable !

Lorsque M. de Valencé eut emmené sa jeune femme, le général changea subitement de ton :

— Capitaine, dit-il à Chopin, avec un mouvement non dissimulé de mauvaise humeur, je n'aime pas les histoires, v'savez ? Rompez !

Les yeux de Laura flambaient de rage et de furie :

— Paix, lui murmura son mari dès que Darcier eut tourné les talons, demain le gros général ne dira plus la même chose.

Et il montra furtivement à sa femme une feuille de papier pliée en quatre dans la poche intérieure de son dolman.

*
* *

Lorsque Jacques revint travailler chez le général,
le lendemain il constata qu'un document très important avait disparu du dossier concernant l'invention
Darcier, cette fameuse invention dont le plan avait
été pris en considération par le ministre de la guerre !
Ce dernier avait même envoyé un des officiers de
l'état-major pour interroger le général et lui demander son projet qui serait soumis à l'examen d'une
commission d'artillerie et expérimenté par une école
de tir au cours des prochaines grandes manœuvres !
C'était un succès escompté d'avance, et voici qu'une
pièce, celle qui contenait précisément la clef de l'invention, manquait au dossier juste au moment où on
allait en avoir besoin !
Quelle déveine !
Le général, qui avait pleine confiance dans son
ordonnance, lui avait confié la garde de ce dossier.
Comme ce matin-là l'officier d'état-major chargé de
l'emporter au ministère de la guerre allait venir le
prier de le lui communiquer, le général, très affairé,
avait dit à Jacques, dès son arrivée au bureau :
— Mon ami, vérifiez et classez tout de suite les
pièces de mon invention, afin que je puisse les remettre sans retard au délégué du ministre.
Et c'est en faisant ce travail que M. de Valencé, à
sa grande stupéfaction, avait constaté la fuite du
document en question.
Lorsque Darcier en fut prévenu, il eut un accès
de colère formidable. Puis il se calma ; il aimait vrai-

ment d'une affection très vive son ordonnance ; en voyant Jacques si décontenancé, il se prit à le plaindre.

— Fichue affaire ! grommela-t-il entre ses dents ; si l'on apprend qu'on a tripatouillé mon dossier, ça fera du joli ! sans compter que les journalistes vont se mettre à crier comme des putois !

L'ordonnance, les traits décomposés, classait et re- classait toutes les paperasses, inspectait les dossiers, fouillait les armoires, revenait dix fois au même en- droit, et se montrait d'instant en instant plus affolé. Il se voyait poursuivi devant un conseil d'enquête, peut-être devant le conseil de guerre, et mis en dis- ponibilité, si ce n'est rayé des cadres et dégradé.

Le général en fut tout peiné lui-même ; pour ne pas s'attendrir, il passa dans son cabinet de travail.

*
* *

Au même instant, l'envoyé du ministre entra pré- cipitamment chez lui, et d'une voix mal assurée, pria le général de lui remettre son dossier.

— Ah ! ce dossier ! Fichue affaire ! On est en train de vous le compléter, parbleu ! Mais expliquez-moi ça, il y manque une pièce !

— Je vais vous expliquer pourquoi, mon général ; vous avez un traître auprès de vous...

— Diable ! v'z'en êtes sûr ?

— Lisez.

Le général prit le papier qu'on lui tendait ; c'était un imprimé fait à la machine à écrire :

« Colonel, je vous préviens que l'ordonnance du général Darcier reçoit en son domicile un ancien officier de l'armée allemande ; peut-être un espion ! Avisez ! Il y va certainement de l'honneur de notre régiment. »

Pas de signature.

Darcier froissa dédaigneusement le papier.

— Vous croyez à ça, vous ? Imbécile !

— Mon général !...

— Evidemment ! Dans le civil, on peut ajouter foi à de telles impostures, mais dans le militaire, il faut être bête comme un pot pour y prêter attention !

Le colonel était devenu rouge d'indignation.

— Permettez, mon général, permettez !...

— Ta ra ta ta ! foutez-moi la paix avec votre dénonciation calomnieuse ; ça vient d'un jaloux, d'un envieux ! Ça ne peut pas venir d'un soldat, vous entendez ? Sacrebleu ! un soldat qui n'oserait pas signer ce qu'il écrit contre un camarade, vous avouerez, mon colonel, que ça ne serait pas un soldat !

D'ailleurs, je vais vous convaincre de l'inanité de cette accusation !

Et le général fit venir son ordonnance :

— Ah ! ça, dites donc, Valencé, vous recevez chez vous un ancien officier allemand !

— L'oncle par alliance de ma femme, oui, mon général.

Le colonel et Darcier échangèrent un singulier regard.

— Ah ! ça, dites-donc, Valencé, vous... vous me l'aviez caché !...

— Ce sont de ces choses, répondit avec dignité le jeune homme, qu'on a honte d'avouer lorsqu'on est soldat, mon général, mais qu'on ne peut s'empêcher de subir quand on a du cœur... Cet allemand a, sur le champ de bataille, sauvé le père de ma femme, en 1871. Il est dans la misère aujourd'hui ; il a vainement cherché fortune en Amérique ; et il est revenu par la France me demander un asile et un secours avant de rentrer dans sa patrie ; je n'ai pas eu la dureté de lui fermer ma porte. Du reste, il n'est resté que deux jours sous mon toit. A l'heure qu'il est, il doit avoir regagné la frontière, chargé de l'aumône que j'ai cru devoir lui faire...

— Ah ! il est parti hier soir ?...

Nouveau regard d'intelligence entre le général et le colonel.

— ... Avec la pièce ! grommela tout bas ce dernier.

Jacques l'entendit, son sang ne fit qu'un tour :

— Mon colonel, dit-il d'une voix vibrante d'indignation, me prenez-vous pour un traître ?

Il s'arrêta net ; l'émotion l'étreignit à la gorge et lui coupa la parole ; et tout à coup, on le vit chanceler et tomber sur un siège, en éclatant en sanglots. le visage entre les mains.

*
* *

Le lieutenant Jacques de Valencé rentra ce jour-là chez lui plus mort que vif.

Suzanne s'effraya de ce changement subit.

— Jacques, qu'as-tu ?

L'officier ne répondit pas. Elle courut à lui, se blottit sur sa poitrine, l'étouffa dans le cercle de ses bras passionnément serrés autour de lui, et l'énivrant de son regard et du parfum de sa chair :

— Jacques, tu ne m'aimes plus !

Il détourna les yeux : ce cri de désespoir l'avait arraché à son abattement : il voulut parler ; sa voix se brisa dans sa gorge ; il allait dire :

— Je ne suis plus digne de toi !

Mais il n'eut pas le courage de causer à sa chérie déjà si maladive et si nerveuse, un autre chagrin capable de grossir encore celui qu'il devinait en elle sans parvenir à en saisir la cause.

Il ne lui révéla donc rien de la catastrophe qui venait de lui arriver. Son silence n'en effraya pas moins la jeune femme :

— Regarde-moi donc, Jacques ! Je t'en supplie ! mon adoré ! si tu savais comme je souffre ! que t'ai-je fait ? Je t'aime tant ! Pardon, si je t'ai causé de la peine ! Je sens que je mourrai de douleur si tu continues à me repousser. Aime-moi, Jacques ! Tu es ma vie, mon unique joie ; je t'en supplie, aime-moi !

Alors, il dit très bas :

— Je t'aime....

— Tu ne me regardes pas ! Voyons ; est-ce que je te fais horreur ? Ne suis-je plus jolie ? ne te détournes pas comme cela ? souris à ta petite amie, à ta femme ! Je ne suis pas méchante, va ! Si je t'ai blessé, que ton sourire soit mon pardon — Allons, Jacques — je le veux ! Il faut sourire....

Cela fut dit d'une voix tellement suppliante et pas-

sionnée que le jeune officier, pour ne pas blesser ce
cher petit cœur, fit un effort violent sur lui-même.
Son corps se raidit contre l'affreuse anxiété qui
envahissait tout son être, et serrant bien fort sur sa poitrine la capricieuse et candide Suzanne, cet homme
qui avait la mort dans l'âme et dont l'angoisse se lisait
dans ses yeux enflammés, pour complaire à sa jeune
épouse, se mit à éclater de rire....

Les bavardages allaient leur train. Il n'y eut bientôt
plus guère que Suzanne qui ignorât l'aventure ; il est
vrai qu'étant souffrante, elle ne sortait plus.

Laura criait au scandale.

— Comment, on ne l'arrête pas ! toujours des passe-
droits ; c'est à renoncer au métier ; Si pareil tour
était arrivé au capitaine, il y aurait belle lurette qu'il
serait encellulé dans un fort en attendant sa compa-
rution en conseil de guerre.

En réalité Jacques avait huit jours pour se défendre.
Connaissant sa loyauté, convaincu de son innocence,
le général avait obtenu qu'il ne fut intenté aucune
action contre lui pendant une semaine afin de lui
donner le temps d'opérer des recherches.

Après tout la fameuse pièce n'était peut être
qu'égarée. Cette histoire de l'officier allemand venant
acheter ce document ne tenait pas debout, et d'ailleurs l'arrivée de la lettre anonyme donnait fort à
penser au bon Darcier qu'il y avait là-dessous quelque
cabale montée contre son ordonnance.

C'était bien extraordinaire la coïncidence de cette dénonciation avec la disparition de la pièce en question !

Et Darcier se creusait la tête pour trouver l'énigme de cette singulière aventure.

*
* *

Jacques se souvenait maintenant. C'est vrai, le soir du bal, qu'est-ce qu'il avait à rôder autour de son cabinet de travail, le capitaine Chopin ? Lui seul, de toute la garnison, lui montre un visage constamment hautain, revêche et méfiant. Lui seul se refuse à le considérer comme un ami. S'il avait voulu le perdre ?

Alors, tout s'expliquerait.

Mais s'il s'est emparé de la pièce perdue, l'a-t-il déchirée ou simplement cachée ? Et s'il l'a cachée, qui pourra jamais la redonner à Jacques ? Il faudrait perquisitionner chez le capitaine et encore le document égaré peut très bien n'avoir pas été caché dans son domicile !

Que faire ?

Pour comble de malheur, le général reçut l'ordre de se transporter sans délai, vu l'approche des manœuvres, chez le ministre de la guerre au sujet de cette affaire et de son invention pour savoir si l'on pouvait ou non compter sur lui.

Darcier parti, c'était pour Jacques la perte du seul appui moral qu'il se sentait dans cette malheureuse aventure.

D'autant plus que les choses s'aggravaient. L'affaire s'ébruitait, les journaux avancés avaient déjà des entrefilets pleins de sous-entendus malveillants. Pour couper court à cette campagne et donner à cette histoire une voie régulière, le ministère avait fait savoir que si dans les trois jours la pièce perdue n'était pas rapportée, au dossier, on commencerait coûte que coûte les poursuites.

*
* *

La petite Mme Freneuse était au courant de toute cette histoire ; elle la connaissait par le menu. Son gentil mari, le sous-lieutenant, la lui avait narrée par tous les détails. Mais Jeanne Freneuse avait appris bien d'autres détails encore qu'il ne connaissait pas....

Ainsi, le soir de bal, elle avait assisté, derrière une portière de damas, à la scène qui s'était passée entre le capitaine Chopin, Laura, les Valencé et le général ; elle avait entendu la terrible menace contre le lieutenant chuchotée par le capitaine à l'oreille de sa femme.

— Paix ! demain, le gros Darcier ne dira plus la même chose !

Et elle l'avait très bien vu montrer à Laura un morceau de papier.

Or, c'est le lendemain, en effet, que M. de Valencé ne retrouva plus le document qui faisait l'objet du litige, et c'est le lendemain aussi qu'on l'accusa de l'avoir égaré, perdu... ou vendu !

La petite Mme Freneuse en conclut donc que le

capitaine Chopin devait avoir quelques renseignements très précis sur les dessous de cette affaire.

Quand donc elle eut raconté le détail ci-dessus à son mari, Jeanne ajouta en lui prenant le menton :

— Mon gros loulou, ce que femme veut, Dieu le veut ; moi, je les adore, le lieutenant et sa jolie épouse ; je n'en suis pas du tout jalouse comme Laura, quoique Suzanne m'ait dit l'autre jour une bien cruelle méchanceté....

— Une méchanceté ?

— Oui, donc ! Mais je te conterai cela tout bas, ça te ferait rougir !.... Je disais, pour l'instant qu'il faut sauver le lieutenant. Tu veux bien, n'est-ce pas ?

— Avec plaisir.... si cela est en mon pouvoir....

— Certainement. Tu es leste ?

— Comme un chat.

— Bien ; as-tu remarqué que le cabinet de travail de Chopin donnait dans la petite cour derrière la maison ?

— Oui.

— En face la fenêtre de notre chambre d'amis ?

— Oui.

— Pour lors, cette nuit, tu iras cambrioler le cabinet du capitaine !

— Es-tu folle ? S'il me surprenait ?...

— S'il te surprenait, mon chéri, tu lui dirais tout simplement :

« Mon capitaine, le soir du bal, vous avez laissé tomber à terre, à la porte du bureau de M. de Valencé, chez le général, cette petite clef qui doit certainement vous appartenir ; elle ouvre à merveille, j'en ai fait l'expérience, le bureau du lieutenant ; permettez-moi de vous la rendre, car elle pourrait vous compromettre... »

— Tu es un démon ! s'écria joyeusement le petit sous-lieutenant en couvrant de baisers l'astucieuse et charmante Jeannette.

*
* *

Le lendemain était le dernier jour donné à Jacques pour sauver son honneur. Ses recherches avaient été naturellement infructueuses. Vingt fois il avait été sur le point de s'en ouvrir franchement avec le capitaine Chopin. Mais quoi ? Le pouvait-il ? Chopin n'était-il pas son supérieur ? Il lui devait la soumission et le respect les plus absolus. Chopin était en droit de refuser de l'entendre et de le gourmander s'il faisait mine d'insister.

Ce matin-là, il fut debout à cinq heures, passa son temps à mettre ses affaires en ordre, à rédiger son testament, à écrire des lettres à sa femme, à sa famille, au général et enfin au terrible capitaine.

Puis il sortit. Son parti était pris. Si, à l'heure du dernier train partant pour Paris le vrai coupable, n'avait manifesté aucune intention de se dénoncer, si enfin, il n'était pas en mesure de pouvoir aller se justifier les pièces en main, au ministère de la guerre, il se donnerait la mort.

Un soldat n'a pas à hésiter une seconde entre son honneur et sa vie.

Il était alors environ huit heures du matin, un matin frais, souriant et parfumé. Le jeune homme s'en allait au hasard, sous les arbres de l'avenue, respirant une dernière fois la joie énivrante de la nature à son réveil.

Les oiseaux pépiaient et voletaient alertement de branche en branche. La terre humide de rosée exhalait une bonne odeur sous la caresse des rayons du soleil ; les tilleuls embaumaient. Partout la vie recommençait, légère, dispose, radieuse et pleine de promesses et d'espérances.

Jacques seul, au milieu de cette gaîté débordante, s'en allait l'âme voilée de deuil.

Ce qui le tourmentait, c'était Suzanne. Pour lui, la mort était peu de chose ; mais la pensée qu'il allait causer une atroce douleur à sa mignonne lui fendait le cœur.

Il l'aimait tant ! qu'allait-elle devenir sans lui ? Pauvre petite Suzanne !

Au loin, le clairon lançait dans la forêt ses notes alertes et perçantes ; et Jacques, tout en se livrant à ces tristes réflexions, avait des visions de jeunes soldats s'en allant dès l'aurore faire l'exercice en campagne, tout en chantant, le fusil sous le bras :

> Le p'tit jour vient d'se lever,
> Le Réveil sonne au quartier,
> Et ce matin l'on va faire
> Un' bel' prom'nad' militaire....

Au même instant, Pierre Freneuse, le gentil sous-lieutenant, apparut devant Jacques et s'avança fran-

chement vers lui, la main au képi, dans l'attitude du
salut militaire :

— Mon lieutenant...

— Ah ! c'est toi, mon ami ; sois-le bienvenu ; j'ai
justement des services à te demander...

— Des services ?

— Impérieux ! Tu es mon meilleur camarade et je
te tiens pour un homme d'honneur ; je puis donc
m'ouvrir à toi en toute sincérité, j'ai ta parole, n'est-
ce pas, que tout ce que je te supplierai de faire, tu
le feras...

Pierre ouvrit de grands yeux étonnés. Et tout à
coup, il comprit ; sa pensée, en éclair, lui fit apercevoir la résolution implacable de son lieutenant, et il
devina quels pouvaient bien être les services qu'il
avait à lui demander. Alors, il dit, avec une gravité
que Jacques ne lui connaissait pas, en lui offrant un
cigare :

— Tu parleras après, mon cher, j'ai d'abord quelque chose de très urgent à te confier.

— Dis.

— Le train de Paris est à 1 heure 40 ; c'est le dernier ; tu le prendras ; tiens, voilà un papier qui équi-
vaut à un permis de chemin de fer... en 1re classe !

Et il lui tendit la fameuse pièce.

*
* *

La foudre serait tombée sur Jacques qu'elle ne
l'aurait pas abasourdi davantage. Ce flot d'espérance
entrant précipitamment dans son cœur au milieu du

froid désespoir qui le possédait, lui fit mal ; il pâlit *horriblement* et fut obligé de s'appuyer contre un tilleul pour ne pas tomber...

— Ma pièce !... c'est ma pièce !... Oh ! Suzanne !

Pierre comprit seulement alors qu'il avait été trop vite ; il s'élança vers lui, le soutint de ses bras nerveux et se mit à lui dire des bêtises, grosses comme le général, pour le ranimer et le calmer.

— Cher, cher ami, disait Jacques qui ne l'écoutait plus, c'est l'honneur, la vie, et celle de ma femme que je te dois... Tu me sauves... Oh ! mon Dieu ! mon Dieu !.. Vous me rendez la liberté !

— Ecoute donc, gros bêtat ; tu vas rire comme un bossu. D'abord c'est à peine à moi que tu dois d'avoir retrouvé ce document, c'est, à Jeanne. Elle est polissonne, ma femme ! Tu ne devinerais jamais qu'elle a presque surpris l'auteur de tes malheurs en flagrant délit de furetage dans ton cabinet de travail ; elle possédait même une pièce à conviction ; la clef qui a servi à pénétrer dans ton sacré bureau !

— Mais l'auteur, son nom ?

— Tu ne devines pas? C'est Chopin, parbleu !

— Le capitaine ! — J'en étais sûr...

— Oui mais ! cette constatation ne suffisait pas ; il fallait la pièce ; comment la lui reprendre ? C'est encore Jeannette qui a trouvé le truc ; elle a tous les défauts, cette gamine-là ! Figure-toi qu'elle a découvert que le bureau de Chopin et notre chambre d'amis donnaient dans la même cour, une cour grande comme un mouchoir de poche ; alors elle m'a prié de faire le cambrioleur...

— Comment, tu as fait cela ?

— N'en pleures pas de gratitude ; ce que j'ai tempesté pendant cette corvée-là ! D'ailleurs, je risquais fort de me faire casser le cou. Par bonheur, Chopin avait laissé ses fenêtres entr'ouvertes ; les grands coupables ont de ces négligences ! Donc, on a pris une échelle, vers minuit ; nous l'avons posée en travers de la cour, un bout sur la balustrade de sa fenêtre, et l'autre sur la nôtre ; et j'ai fait l'équilibriste. Tu l'imagines, n'est-ce pas, une bougie à la main ; ça devait faire bon effet.

Dans son bureau tout était rangé avec un soin méticuleux, le capitaine est un monsieur qui a de l'ordre ; j'ai fouillé vainement pendant un bon quart d'heure ; je ne trouvais rien ; j'avoue que la sueur commençait à me monter au visage lorsque l'idée m'est venue d'inventorier le coffre-fort...

— Imprudent !

— J'ai repassé l'échelle pour chercher dans mon laboratoire — tu sais que je suis toujours un enragé chimiste — un explosif grâce auquel la porte du coffre-fort n'a pas fait beaucoup de résistance. Et bien m'en a pris ! Le fameux document s'y trouvait au milieu des billets de banque. J'ai laissé les petits bleus, mais j'ai emporté la pièce, et je t'assure que mon crime accompli, j'ai dormi le plus tranquillement du monde, Jeannette aussi !

Seulement, ce qui a dû être comique, c'est la tête du capitaine lorsqu'il aura constaté, ce matin à son réveil, le beau cambriolage dont il a été l'infortunée victime ; mais sois sans crainte ; s'il rejimbe, je lui montrerai la clef... ça lui fermera la bouche.

*
* *

Jacques rentra précipitamment chez lui ; la joie l'avait transfiguré. Son cœur débordait maintenant de reconnaissance et de satisfaction. Son premier mouvement avait été d'aller apprendre la bonne nouvelle à sa chère Suzanne ; mais, en montant l'escalier qui conduisait à sa chambre, il se souvint qu'elle avait ignoré les heures terribles qu'il avait passées ; il se décida donc par une sorte de respect humain à la laisser encore dans l'ignorance de cette malheureuse aventure. Ce fut une faute et un bienfait. Le dénouement de cet épisode va le montrer.

Le lieutenant trouva Suzanne à sa toilette. Un arome exquis montait de la baignoire de la salle de bains, restée entr'ouverte, et cette buée blanche et tiède emplissait délicieusement la chambre à coucher.

Le jeune homme voulut se retirer, mais elle exigea qu'il restât près d'elle.

Le visage de Suzanne reflétait une vive inquiétude ; malgré la réaction du bain, elle était très pâle ; ses yeux battus annonçaient qu'elle avait passé une mauvaise nuit. Elle était assise devant sa toilette et démêlait avec lassitude son opulente chevelure.

— Jacques, dit-elle d'une voix dolente, hier au soir tu n'es rentré qu'à minuit ; ce matin, au petit jour, tu étais levé, qu'as-tu ?

M. de Valencé voulut éluder cette question. Elle y revint :

— Mon ami, il se passe en toi quelque chose d'extraordinaire...

— Non...

— Si ! tu n'es plus comme autrefois tout à moi. Ce n'est pas bien ; j'en souffre, tu sais ; tu ne devrais pas me faire de peine ; autrefois, tu n'aurais jamais osé !

Ces mots furent dits avec tant de tristesse navrante que Jacques en fut tout bouleversé ; ses yeux s'emplirent de larmes, et, saisissant le bras nu de Suzanne, il lui mit un long baiser dans la paume de la main.

Elle le questionna encore :

— Pourquoi ne me réponds-tu pas ? Tu pleures comme si tu étais coupable ; de quoi es-tu coupable, mon Jacques ?

A ce moment, le domestique apporta à M. de Valencé son courrier.

Le lieutenant le mit sans défiance auprès de Suzanne ; mais celle-ci le dévisagea en un clin d'œil, et eut tout à coup une expression d'anxiété qui n'échappa pas à son mari.

— Qu'est-ce ?

— Rien.

En même temps qu'elle laissait tomber ce mot, Jacques s'empara d'une lettre sur papier mauve, dont la suscription avait été tracée par une main de femme.

Il pâlit. C'était l'écriture de Laura, et Suzanne l'avait reconnue.

— Tu vas me lire cette lettre, n'est-ce pas, Jacques ?

La missive ne contenait que ces mots :

« Veuillez vous rendre avant deux heures chez le capitaine *pour affaire d'honneur.*

P. S. Le capitaine devant s'absenter ensuite tout l'après-midi, vous êtes désigné pour présider à sa place à l'encasernement des réservistes ».

Un voile passa sur le visage du jeune homme :

— Le coquin, dit-il entre ses dents, il fait exprès de me retenir ici, sachant que je n'ai plus que ce jour-là pour aller me défendre à Paris !

Un parfum subtil s'échappait de la lettre que Laura, par un suprême raffinement de cruauté, avait voulu écrire de sa propre main afin d'aiguillonner la curiosité jalouse de Suzanne.

Celle-ci voulut s'emparer du pli, mais Jacques, mis en humeur par l'exigence de son chef, la repoussa vivement.

— Laisse-moi, dit-il avec une brusquerie qui ne lui était pas coutumière ; et, pour se soustraire à toute nouvelle sollicitation, il passa dans son cabinet de travail.

Une heure après, il revint près de sa femme ; il avait à la main une lettre cachetée à la cire rouge qu'il lui tendit :

— Tiens, dit-il simplement ; j'avais besoin d'aller à Paris ce soir pour remettre ce pli au général Darcier qui l'attend avec impatience au ministère de la guerre. Le capitaine me retient, tu vas me remplacer. Je sais que tu es encore toute souffrante, et je te demande pardon de t'obliger à accomplir aujourd'hui un voyage qui me tourmentera jusqu'à ton retour. Mais il le faut ; le devoir l'exige impérieusement.

Et, comme Mme de Valencé paraissait hésiter, il ajouta d'une voix plus grave :

— Suzanne, tu sais ce que c'est qu'un soldat. C'est un homme dont la vie doit ressembler à celle de ce vieux gardien du square dont j'ai juré d'imiter la conduite. Notre métier est un métier de servitude, de discipline et d'obéissance, mon cœur a saigné pour te commander, malgré ton état de santé, d'aller accomplir à ma place une mission d'honneur ; mais il n'y a pas à hésiter ; lorsqu'un soldat se trouve placé comme je le suis entre deux ordres contradictoires, il doit s'arranger de façon à les observer tous les deux ! Va !

*
* *

La jeune femme ne murmura plus ; mais l'incertitude la plus affreuse sur les véritables intentions de son mari persista dans son cœur ; elle pensait :

— Si toutes ces paroles avaient simplement pour but de m'éloigner pendant qu'il va se rendre au rendez-vous que Laura lui a sans doute fixé dans cette étrange lettre qu'il n'a pas voulu me montrer ?

Mais la missive cachetée de cire rouge, mais l'attitude si grave de Jacques plaidaient pourtant en faveur de celui-ci :

— Oh ! s'il me trompait, après m'avoir dit ce qu'il vient de me dire, c'est qu'il serait bien pervers et bien hypocrite !

Et, résignée, elle revêtit promptement une toilette

de voyage et descendit dans la salle à manger où elle partagea avec Jacques un déjeûner au cours duquel ils ne se dirent pas quatre mots.

Vers la fin, son mari, voyant s'avancer l'heure fixée par le capitaine pour l'entrevue dont il devinait le motif, se leva de table et voulut dire au revoir à Suzanne.

Instinctivement, la jeune femme évita son baiser.

Jacques eut une exclamation douloureuse :

— Oh ! Suzanne !

Et cela suffit ; ce cri parti du cœur fit taire un instant les appréhensions de la pauvre enfant ; elle se précipita dans les bras de son mari qui la retint embrassée longuement tandis que des pleurs silencieux, — des pleurs qu'elle ne vit malheureusement pas ! — coulèrent, brûlants, sur les joues du jeune homme.

*
* *

Maintenant, elle est seule ; c'est à 1 heure 45 le train pour Paris. Voici venu le moment d'aller à la gare. Ella s'était laissée tomber sur une chaise longue, ne pensant à rien, n'osant pas se rappeler ses doutes affreux et fermant les yeux comme si elle eut voulu susprendre sa vie et perdre la notion des choses qui lui causaient une aussi insurmontable douleur.

Et tout à coup, la demie se mit à sonner ; elle se réveilla en sursaut.

— Dieu ! si j'allais manquer le train !

Elle se leva, endolorie, frissonnante, mordue soudainement au cœur par la vision de cette réalité à laquelle elle eut voulu se dérober, et qui brusquement refluait dans sa mémoire en même temps que la souffrance renaissait dans son âme.

**

En un clin d'œil elle fut dehors. Elle, alla précipitamment, droit devant elle, ne s'arrêtant devant *rien*, ne pensant qu'à cette seule chose :

— La gare ! Vais-je encore arriver en temps ?

Lorsque soudain elle s'exaspéra :

— Mais je suis folle, je suis folle ! Je n'ai donc pas compris qu'il me chassait ! Ce voyage qu'il me fait faire... Oh ! cela est sûr, il m'éloigne afin que je ne le gêne pas, et tandis que je cours comme une malheureuse pour obéir à ses volontés, il est peut-être dans les bras de cette Laura qui m'a déracinée de son cœur et rejetée douloureusement loin de lui !

Et j'étais assez naïve pour laisser accomplir cette infamie et la faciliter par mon absence ! Dieu soit loué, il m'éclaire à temps !

Ah ! tu peux partir, train de Paris, je ne m'en soucie guère ! J'accueillerai ta fuite par un éclat de rire !

— Je veux savoir, répétait-elle, éperdue, en proie à une rage indicible. Oh ! c'est terrible, douter ainsi !

Elle était arrivée, tout en s'excitant de la sorte jusque devant le jardin-square, tout entouré de grilles et peuplé d'arbres touffus qui précède la cour de la gare.

Mais alors, un vieillard surgit comme par hasard de derrière un massif de fusains, et l'ayant considérée longuement, s'éloigna d'un pas tranquille dans l'allée principale du square.

Cette soudaine apparition produisit sur la jeune femme l'effet d'un coup de foudre. Un cri s'échappa de ses lèvres :

— Oh ! le père Marignan !

C'est vrai ; ce vieillard avait un peu l'allure et la silhouette du bon gardien du square de *** dont nous avons raconté la mélancolique histoire. Et maintenant, elle évoquait avec un pénible serrement de cœur la vision de ce digne fonctionnaire qui avait préféré briser irréparablement sa vie plutôt que de manquer à son devoir.

— Son devoir ! Suzanne n'était-elle pas, en ce moment placée aussi entre son bonheur et son devoir ? Et elle allait transiger, écouter son caprice et se livrer peut-être à d'éternels remords plutôt que de souffrir avec résignation en obéissant à sa conscience !

Pauvre Suzanne ! Comme elle se sentait malheureuse entre ces deux terribles alternatives !

Et pourtant Jacques avait dit : « Le pli qu'il lui avait remis était extrêmement urgent. » Elle pressentait qu'il contenait quelque chose de grave et d'impérieux, quelque chose qui pouvait perdre son époux et briser à tout jamais sa carrière et son avenir s'il n'était pas remis en temps à destination !

Allait-elle, pour satisfaire un sentiment de jalousie et de curiosité peut-être mal fondé, sacrifier irréparablement l'honneur et la situation de son mari ?

*
* *

— Père Marignan, que faut-il faire ? Dois-je aussi mourir de chagrin et d'abandon en accomplissant le plus pénible des devoirs ?

A ce moment, la locomotive, prête à partir, laissa échapper un formidable jet de vapeur. Des coups de sifflet se firent entendre. Les voyageurs se précipitaient vers les salles d'attente pour affluer sur le quai du départ. Les portières se fermaient, les camions chargés de bagages roulaient le long du convoi ; c'était la mêlée et le tumulte ordinaires qui accompagnent cette minute solennelle.

Tout à coup une jeune femme passa en coup de vent sur le quai. Déjà le train s'ébranlait. Elle sauta sur le marche-pied d'un wagon au risque de se faire écraser.

— Il est trop tard ! s'écria un employé qui lui prit le bras pour l'obliger à redescendre.

— Votre billet ! dit un autre.

Mais elle, se mordant les lèvres, se raidissait contre ces deux fâcheux. Elle les repoussa brusquement, ouvrit la portière en se cramponnant contre les barreaux de cuivre fixés aux parois du wagon pour servir de rampes aux voyageurs, et enjamba si précipitamment le pas du compartiment qu'elle tomba sur les genoux, la tête en avant, entre les deux banquettes.

Une seconde après, le train filait à toute vapeur vers Paris, en emportant la pauvre petite Suzanne

qui venait de se réhabiliter aux yeux du vieillard
qu'elle avait tant martyrisé autrefois, en imitant à
son tour courageusement son exemple.

Elle pouvait pleurer maintenant. Les nerfs détendus pouvaient provoquer à leur aise l'inévitable crise
de larmes qui dégonfle le cœur et soulage la poitrine :
c'était de la bonne souffrance, la souffrance subie
pour l'accomplissement du devoir !

Et il lui sembla qu'elle venait tout à coup de re-
trouver un ami d'enfance, un bon et généreux ami,
et que toute l'amertume d'un passé chargé de remords s'effaçait soudain de son âme comme un vent
impétueux chasse sous son aile vigoureuse et saine
tous les nuages qui oppressaient l'azur et alourdis-
saient la ligne d'horizon.

*
* *

Lorsque Mme de Valencé fut reçue au ministère
de la guerre où elle trouva le général Darcier en
conversation intime avec le ministre, son ancien camarade de polytechnique, elle faillit se trouver mal
en apprenant de leur bouche de quelle atroce extrémité elle venait de sauver son mari.

Elle pensait, avec un frémissement de tout son
être :

— Et il a souffert tout cela sans se plaindre pour
éviter de me tourmenter, et j'allais, en écoutant un
mouvement de stupide jalousie, le perdre, le déses-
pérer et peut-être causer sa mort !

— Oui, certes, sa mort, opina le général, car je le
connais, mon petit lieutenant, c'est un soldat, il ne

transige pas avec l'honneur ! Veux-tu parier, monsieur le ministre, qu'avant que nous l'ayons arrêté, il se serait troué la peau ?

Il disait vrai, mais il avait tort de le dire devant Suzanne car elle poussa un cri et vint tomber, toute blanche, sur un fauteuil. On dut l'emporter et lui donner des soins immédiats.

— S'il est si bien que cela, ce jeune homme, répliqua le ministre, pourquoi n'en faisons-nous pas un capitaine ? Tu me rappelleras cela, Darcier. Quant à toi, puisque voilà retrouvée la fameuse pièce qui manquait au dossier de ton invention, tu sais que si les expériences sont concluantes je t'ai promis la cravate rouge ! — Mais ce n'est pas cela ; il y a un coupable dans toute cette histoire ; celui qui t'a dérobé ton document. Dis-moi ce qu'il faut que j'en fasse.

Darcier se gratta l'oreille :

— Il faudrait d'abord me dire son nom ! Il n'y a que Valencé qui le connaisse, et, dans la lettre qu'il vient de nous faire remettre par sa charmante femme, il a soigneusement évité de le désigner. Du reste, il ne le dira pas ; il a des idées arrêtées là-dessus ; il préférerait se faire tailler en pièces.

— Ah ! ah ! je le regrette. C'est égal, si tu le découvres, Darcier, fais-en ce que tu voudras, je te donne carte blanche.

*
**

La secousse produite chez Suzanne par toutes ces

émotions avait été si forte que le soir même elle fut obligée de s'aliter.

On télégraphia aussitôt à M. de Valencé qui accourut le lendemain avec le sous-lieutenant Freneuse et Jeanne qui tenait absolument à voir sa mignonne amie.

Lorsque Jacques entra dans la chambre, pâle comme un mort, Suzanne, quoique très faible, se souleva sur sa couche, poussa un cri de douleur et de remords, et lui tendit le bras avec tant de désespoir et de frénésie que le jeune homme vint s'y précipiter passionnément.

Alors, très bas, si bas que son mari l'entendait à peine, elle se confessa naïvement, tendrement, et lui demanda pardon de l'avoir si mal jugé, et des tourments qu'elle lui avait fait endurer.

Jacques allait l'étreindre dans ses bras lorsque soudain il porta la main à sa poitrine, avec un gémissement de douleur comme si une blesssure récente venait de se rouvrir.

— Qu'as-tu ? s'écria Suzanne, épouvantée.

Au même instant les Freneuse et le bon gros Darcier firent irruption dans la salle.

— Comme vous êtes pâle, lieutenant ! dit le général à son ordonnance dès qu'il l'aperçut.

Jacques, lui montrant sa femme, lui fit signe de se taire.

— Ah ! je comprends ! répliqua Darcier plus bas, en l'attirant près de la fenêtre.

Et de son bras droit, il imita un mouvement d'épée.

Mais le geste ne fut pas perdu par Suzanne ; elle

aussi comprit tout ! Elle comprit que le rendez-vous
chez le capitaine, ce rendez-vous de la veille, qui
l'avait si fort tourmentée, était un rendez-vous d'honneur, et, qu'au lieu de courir à l'amour ainsi qu'elle
se l'était stupidement figurée, Jacques avait voulu
courir à la mort !

Le général cependant continuait :

— Et... elle est sérieuse, ta blessure ?

— Pas trop, mon général, puisqu'elle ne m'em-
pêche pas de faire mon service.

— Ah ! ça, tu me diras le nom de ton adversaire,
c'est-à-dire, n'est-ce pas, du coquin qui t'a flanqué
cette sale affaire sur les bras, en me volant, dans le
but de te perdre, un des plans principaux de mon
invention ?

— Vous le connaîtrez, mon général, car son regret
est sincère, je vous le jure ; le sang qu'il m'a fait ver-
ser l'a rendu à lui-même. Vous le devinerez facile-
ment lorsque viendra pour lui l'occasion de faire ses
preuves, car il est brave et tenace ; il sera, j'en ré-
ponds, votre meilleur soldat !

Tous deux, très émus, se serrèrent la main.

Or, pendant qu'ils se disaient cela, et après que le
petit Freneuse eut raconté en quelques mots à Suzanne l'histoire de la clef et du cambriolage du bureau du capitaine, Jeanne s'approcha de son amie,
lui mit gentiment un frais baiser sur le front, et
posant avec légèreté sa jolie tête blonde sur l'oreiller
où reposait la jeune femme, elle lui dit avec un adorable sourire :

— Tu vois, je n'ai pas de rancune ; c'est comme

cela que je me venge. Tu avais été méchante l'autrefois dans le salon de Laura ; pour la peine, je t'ai rendu ton mari !

— Mais voyons, Jeanne, peux-tu dire que j'ai été méchante ! Sérieusement, je ne comprends pas !

— Petite sournoise ! Tu n'as pas dit à Mme Chopin que la nuit à ta fenêtre tu assistais à des duos d'amour ?

Le visage de Mme de Valencé s'empourpra. Un léger frémissement agita tout son corps. Elle sentait que des lèvres de Jeanne allaient tomber des paroles décisives pour son bonheur. C'est vrai ! ce baiser entendu, ce douloureux baiser, cause de tous ses chagrins, ce baiser coupable qu'elle attribuait à Jacques, qui donc l'avait donné ? qui donc l'avait reçu ?

Jeanne cependant souriait toujours ; elle aussi était devenue toute rouge :

— Vrai ? tu ne devines pas ? Eh ! bien, une nuit, sous tes fenêtres, la jeune amoureuse qui s'est laissée embrasser comme une folle par un espiègle qui n'était autre que mon polisson de mari — c'était moi !

Cet aveu n'était pas sitôt tombé des lèvres de Jeanne qu'un joli petit rire folâtre, entremêlé de larmes très douces, souleva ensemble la poitrine de ces jeunes femmes, qui se tinrent étroitement enlacées, et se couvrirent de baisers, comme deux amants.

Courbevoie. — Imp. E. BERNARD, 14, rue de la Station.

M

Avez-vous une **photographie**, *la vôtre, ou celle de vos parents, de vos enfants, de vos amis, de votre château, villa, maison, de votre cheval, chien, chat, etc. ?*

Pour avoir sa reproduction sur 100 **cartes postales,** *il suffit de l'envoyer à M. E. Bernard, imprimeur-éditeur, Paris, avec la somme de 5 francs.*

On peut aussi faire ces cartes d'après un cliché photographique, un dessin, une aquarelle ou un objet dont on désire la reproduction.

Elles peuvent être faites en carte pleine, en demi-carte, médaillon, etc.

Les ordres sont exécutés au fur et à mesure de leur réception, dans un délai de 15 jours ou d'un mois.

Les documents doivent parvenir franco ; le retour de ces documents est à la charge du client; le port des cartes est fixé à 50 centimes.

Adresser les commandes :

A M. E. Bernard, imprimeur-éditeur,
    14, rue de la Station, à Courbevoie.

A la Librairie E. Bernard,
    29, quai des Grands-Augustins, Paris.